O REFORMATÓRIO NICKEL

COLSON WHITEHEAD

O REFORMATÓRIO NICKEL

Tradução
Rogerio W. Galindo

Rio de Janeiro, 2020

Copyright © 2019 by Colson Whitehead
Título original: *The Nickel Boys*
All rights reserved.
Todos os direitos desta publicação são reservados à Casa dos Livros Editora LTDA.

Nenhuma parte desta obra pode ser apropriada e estocada em sistema de banco de dados ou processo similar, em qualquer forma ou meio, seja eletrônico, de fotocópia, gravação etc., sem a permissão do detentor do copyright.

Diretora editorial: *Raquel Cozer*
Gerente editorial: *Alice Mello*
Editor: *Ulisses Teixeira*
Copidesque: *Thaís Lima*
Revisão: *Anna Beatriz Seilhe*
Capa: *Oliver Munday*
Imagem de capa: Reflection, *Harlem, New York, 1964 (detail)* © *Neil Libbert/Bridgeman Images*
Adaptação de capa: *Guilherme Peres*
Diagramação: *Abreu's System*

CIP-Brasil. Catalogação na Publicação
Sindicato Nacional dos Editores de Livros, RJ

W587r

Whitehead, Colson, 1969-
    O reformatório Nickel / Colson whitehead ; tradução Rogerio W. Galindo. – 1. ed. – Rio de Janeiro : Harper Collins, 2019.
    240p.

    Tradução de: The Nickel boys: a novel
    ISBN 9788595085497

    1. Ficção americana. I. Galindo, Rogerio W. II. Título.

19-57251
CDD: 813
CDU: 82-3(73)

Leandra Felix da Cruz – Bibliotecária – CRB-7/6135

Os pontos de vista desta obra são de responsabilidade de seu autor, não refletindo necessariamente a posição da HarperCollins Brasil, da HarperCollins Publishers ou de sua equipe editorial.

HarperCollins Brasil é uma marca licenciada à Casa dos Livros Editora LTDA.
Todos os direitos reservados à Casa dos Livros Editora LTDA.
Rua da Quitanda, 86, sala 218 — Centro
Rio de Janeiro, RJ — CEP 20091-005
Tel.: (21) 3175-1030
www.harpercollins.com.br

Para Richard Nash

PRÓLOGO

Até na morte os garotos eram um problema. O cemitério secreto ficava na parte norte do Nickel, num trecho acidentado e cheio de mato entre o antigo celeiro e o depósito de lixo. O campo servira de pasto na época em que o reformatório operava um pequeno negócio, vendendo leite para consumidores da região — um dos esquemas organizados pelo governo da Flórida para diminuir o fardo que a manutenção dos meninos representava para os contribuintes. A incorporadora do prédio reservou a área para um refeitório, com quatro chafarizes e um coreto de concreto para qualquer evento que pudesse acontecer ali. A descoberta dos corpos foi uma complicação dispendiosa para a imobiliária, que esperava a aprovação do estudo ambiental, e também para a promotoria, que tinha acabado de encerrar uma investigação sobre as acusações de abuso. Agora seria necessário iniciar um novo inquérito, identificar os mortos, saber como morreram, e não havia como prever quando aquela porcaria de terreno poderia ser limpa, liberada e apagada da história sem deixar vestígios, algo que todo mundo concordava que deveria ter sido feito há muito tempo.

Todos os meninos sabiam da existência daquele lugar horrível. Foi preciso que uma aluna da Universidade do

Sul da Flórida o revelasse para o resto do mundo, décadas depois de o primeiro menino ter sido amarrado num saco de batatas e jogado lá. Quando perguntaram como ela percebeu as covas, Jody disse: "Tinha alguma coisa errada com a terra." O chão afundado, as ervas daninhas espalhadas. Jody e os outros alunos de arqueologia vinham escavando o cemitério oficial da escola havia meses. O governo não tinha como repassar a propriedade sem realocar os restos mortais de forma adequada, e os alunos de arqueologia precisavam de créditos por trabalho de campo. Usando estacas e arame, eles dividiram a área em quadriláteros e cavaram com pás e maquinário pesado. Depois de peneirar o solo, ossos, fivelas de cinto e garrafas de refrigerante ficavam espalhados nas bandejas numa inescrutável exposição.

Os garotos do Nickel chamavam o cemitério oficial de Cidade dos Pés Juntos, o nome do lugar onde enterravam os mortos nos filmes de faroeste que eles viam nas matinês de sábado, antes de serem mandados para a escola e ficarem exilados desses passatempos. O nome pegou e continuou sendo usado por várias gerações, mesmo pelos jovens alunos do Sul da Flórida que jamais tinham assistido a um filme de faroeste na vida. A Cidade dos Pés Juntos ficava logo depois do grande aclive na parte norte do campus. As cruzes de concreto que marcavam as covas refletiam a luz do sol nas tardes brilhantes. Havia nomes entalhados em dois terços delas; o restante estava em branco. A identificação era difícil, mas a competição entre os jovens arqueólogos garantia um progresso constante. Os registros da escola, embora incompletos e caóticos, ajudaram a estabelecer quem foi WILLIE 1954. Os corpos carbonizados pertenciam às vítimas do incêndio no dormitório em 1921. Comparações de DNA com membros da família que tinham sobrevivido — aqueles que os alunos da universidade foram capazes de encontrar — reconectaram os mortos ao mundo dos vivos que tinham seguido em frente sem eles. Dos 43 corpos, sete continuavam sem nomes.

Os estudantes empilhavam as cruzes de cimento branco num monte perto do local da escavação. Certa manhã, ao voltarem para o trabalho, viram que alguém tinha destruído as cruzes, transformado-as em cacos e pó.

O cemitério libertou os seus meninos um por um. Jody ficou empolgada quando jogou água com uma mangueira em alguns artefatos de uma trincheira e se deparou com seus primeiros restos mortais. O professor Carmine disse que a pequena flauta de osso que ela tinha nas mãos provavelmente era de um guaxinim ou outro animal pequeno. O cemitério secreto foi a redenção dela. Jody o encontrou enquanto passeava pelo terreno procurando sinal de celular. O professor achou que o palpite dela estava certo, ao perceber as irregularidades no cemitério: todas aquelas fraturas e crânios com buracos, as costelas crivadas de balas. Se os restos mortais encontrados no cemitério oficial eram assim, o que dizer dos que estavam na área não demarcada? Dois dias depois, cães farejadores e imagens de radar confirmaram tudo. Nada de cruzes ou nomes. Apenas ossos esperando alguém para encontrá-los.

"E chamavam isso de escola", disse o professor Carmine. Dá para esconder muita coisa em um acre de terreno, debaixo da terra.

Um dos garotos avisou a imprensa, ou talvez os pais de um deles. Os alunos, a essa altura, depois de todas as entrevistas, tinham um relacionamento com alguns dos garotos. Para os estudantes, os garotos lembravam os tios irritadiços e insensíveis dos bairros em que tinham sido criados, homens que podiam amolecer depois de você conhecê-los melhor, mas que jamais perdiam uma certa dureza interior. Os alunos de arqueologia contaram aos garotos sobre o segundo cemitério, contaram para as famílias dos meninos mortos que desenterraram, e aí uma emissora de Tallahassee enviou um repórter. Vários garotos já tinham falado sobre o cemitério secreto antes, mas como sempre havia acontecido com o Nickel, ninguém acreditou neles até outra pessoa falar.

A imprensa nacional entrou na história e, pela primeira vez, as pessoas olharam de verdade para o reformatório. O Nickel estava fechado havia três anos, o que explicava o estado de destruição do terreno e o vandalismo típico dos adolescentes. Até o cenário mais inocente — um refeitório ou um campinho de futebol — parecia sinistro, sem necessidade de qualquer truque fotográfico. As imagens feitas pela TV eram perturbadoras. Sombras rastejavam e tremulavam nos cantos e todas as manchas ou marcas pareciam sangue ressecado. Como se cada imagem capturada pela câmera emergisse com sua natureza sombria exposta, o Nickel que você conseguia ver entrando e o Nickel que você não conseguia ver saindo.

Se isso acontecia com lugares inofensivos, que aparência você acha que tinham os lugares assombrados?

Os garotos do Nickel não custavam um níquel e você ainda se divertia muito, ou ao menos era isso que diziam. Nos últimos anos, alguns ex-alunos organizaram grupos de apoio, reunindo pessoas via internet e se encontrando em restaurantes e no McDonald's. Ou na mesa da cozinha de alguém depois de uma hora dirigindo. Juntos, eles realizavam a própria arqueologia fantasma, escavando décadas e recompondo diante de olhos humanos os estilhaços e os artefatos daqueles dias. Cada homem com seus próprios pedaços. *Ele sempre dizia, mais tarde vou te visitar. A escada bamba do porão da escola. O sangue entre os dedos dos meus pés no tênis.* Reorganizando os fragmentos e confirmando a existência de trevas compartilhadas: se é verdade para você, é verdade para outra pessoa, e você deixa de estar sozinho.

Big John Hardy, um vendedor de tapetes aposentado de Omaha, mantinha um site para os garotos do Nickel com as últimas notícias. Ele deixava os outros atualizados sobre a petição para que uma segunda investigação fosse feita e sobre como andava o pedido de desculpas que o governo apresentaria. Um número que piscava na página monitorava a arrecadação de dinheiro para a construção de um memorial. Se você mandasse por e-mail a história dos seus dias no Nickel, ele postava o material com uma foto sua. Compartilhar um link com a sua família era um modo de dizer: *Foi aqui que eu me fiz.* Era uma explicação e um pedido de desculpas.

A reunião anual, atualmente na quinta edição, foi estranha e necessária. Os garotos hoje eram homens velhos, com esposas, ex-mulheres e filhos com quem podiam falar ou não, com netos desconfiados que, às vezes, eram levados ao encontro e outros que eles eram impedidos de ver. Tinham conseguido criar uma vida depois de sair do Nickel ou jamais conseguiram se adaptar à convivência entre pessoas normais. Os últimos fumantes de marcas de cigarro que você não vê mais, dedicados tardiamente a programas de ajuda, sempre à beira do desaparecimento. Assassinados na cadéia, ou se decompondo em quartos que alugavam por semana, ou mortos por hipotermia numa floresta depois de tomar terebintina. Os homens se encontravam na sala de reuniões da Eleanor Garden Inn para conversar antes de sair em comitiva até o Nickel para uma visita solene. Em alguns anos, você sentia que estava forte o suficiente para seguir aquele caminho de concreto, sabendo que ele te levava a um lugar de memórias ruins, e, em outros, sentia que não tinha essa força. Evitar um prédio ou encará-lo de frente, tudo dependia das suas reservas naquela manhã. Big John postava um relato depois de cada reunião para quem não pôde ir.

Na cidade de Nova York morava um garoto do Nickel que atendia pelo nome de Elwood Curtis. De vez em quando, ele procurava na internet algo sobre o antigo reformatório, para ver se havia alguma novidade, mas se mantinha longe das reuniões e não colocava seu nome nas listas, por várias razões. Que sentido aquilo fazia? Homens feitos. Ficar se revezando, passando lencinhos de papel? Um dos outros postou uma história sobre a noite em que estacionou em frente à casa do Spencer, olhando para as janelas por horas, a silhueta das pessoas lá dentro, até que desistiu de se vingar. Ele tinha feito a própria tira de couro para usar no superintendente. Elwood não entendeu. Se o homem tinha ido até lá, que fosse até o fim.

Porém, quando encontraram o cemitério secreto, ele sabia que teria que voltar. Os cedros acima dos ombros do repórter da TV fizeram surgir o calor à sua pele, o zumbido cortante das moscas. Não era tão longe, afinal de contas. Nunca seria.

PARTE

Um

CAPÍTULO UM

Elwood ganhou o melhor presente da vida no Natal de 1962, ainda que as ideias que aquilo colocou na sua cabeça tenham sido a sua ruína. *Martin Luther King at Zion Hill* foi o único disco que ele teve, e o LP não saía da vitrola nunca. A avó Harriet tinha alguns discos de música gospel, que ela só tocava quando o mundo descobria uma nova maneira maldosa de atingi-la, e Elwood não tinha permissão para escutar os grupos de Motown nem nenhuma música pop do gênero por causa da natureza promíscua delas. O restante dos presentes que ele ganhou naquele ano eram roupas — uma blusa vermelha, meias — e ele usou tudo até gastar, mas nada durou tanto tempo nem teve um uso tão produtivo e constante quanto o disco. Cada risco e cada salto que o vinil acumulava ao longo dos meses era uma marca do seu despertar, registrando a vez que ele chegou a um novo grau de compreensão das palavras do Reverendo. O crepitar da verdade.

Eles não tinham uma TV, mas os discursos do dr. King eram uma crônica tão vívida — contendo tudo que os negros tinham sido e tudo que viriam a ser — que o disco era praticamente tão bom quanto uma televisão. Talvez até melhor, mais grandioso, como a tela gigante no Davis Drive-In, lugar em que King foi duas vezes. Elwood viu tudo: africanos perseguidos pelo pecado branco da escravidão, negros humilhados e mantidos em situação de inferioridade pela segregação e aquela imagem luminosa no futuro, quando todos os lugares fechados para as pessoas da sua raça se abririam.

Os discursos foram gravados em vários lugares, Detroit, Charlotte e Montgomery, ligando Elwood à luta por direitos em todo o país. Um dos discursos até o fez se sentir como membro da família King. Todo menino tinha ouvido falar da Fun Town, tinha ido lá ou invejava alguém que foi. Na terceira faixa do lado A, o dr. King falava de como a filha dele queria visitar o parque de diversões da Stewart Avenue em Atlanta. Yolanda implorava aos pais sempre que via o grande cartaz na estrada ou quando os anúncios passavam na TV. O dr. King teve que explicar a ela, com a sua voz grave e triste, o sistema de segregação que impedia meninos e meninas de cor de passarem para o outro lado da cerca. Explicar o pensamento equivocado de alguns brancos — não de todos, mas de um número suficiente deles — que dava força e significado àquilo. Ele aconselhou a filha a resistir ao apelo do ódio e da amargura e garantiu a ela: "Embora você não possa ir na Fun Town, você é tão boa quanto qualquer um que vai na Fun Town."

Elwood era assim — tão bom quanto qualquer outro. Cento e cinquenta quilômetros ao sul de Atlanta, em Tallahassee. Às vezes, ele via um anúncio da Fun Town quando ia visitar os primos na Geórgia. Atrações emocionantes e música feliz, meninos brancos tagarelas fazendo fila na Montanha-Russa do Camundongo Selvagem, no Minigolfe do Dick. Afivele o cinto no Foguete Atômico para passear na lua. Um boletim escolar perfeito garantia entrada grátis, os anúncios diziam, caso o seu professor pusesse uma marca vermelha nele.

Elwood só tirava notas boas e mantinha uma pilha de boletins escolares que serviriam como prova disso no dia em que abrissem a Fun Town para todos os filhos de Deus, conforme o dr. King prometeu.

— Vou entrar todo dia de graça por um mês fácil — disse ele para a avó, deitado no tapete da sala e passando o polegar por um trecho puído.

A avó Harriet tinha resgatado o tapete no beco atrás do Richmond Hotel depois da última reforma. A escrivaninha no quarto dela, o criado-mudo minúsculo ao lado da cama de Elwood e as três luminárias também eram rejeitos do Richmond. Harriet trabalhava no hotel desde os 14 anos, quando passou a fazer parte da equipe de limpeza junto com a mãe. Quando Elwood entrou no ensino médio, o gerente do hotel, o sr. Parker, deixou claro que contrataria o menino como porteiro se ele quisesse, um garoto esperto daquele, e o branco ficou decepcionado quando ele foi trabalhar na tabacaria Marconi's. O sr. Parker sempre foi gentil com a família, mesmo depois de precisar demitir a mãe de Elwood por furto.

Elwood gostava do Richmond e gostava do sr. Parker, mas acrescentar uma quarta geração à folha de pagamento do hotel lhe causava um desconforto que ele achava até difícil de descrever. Mesmo antes das enciclopédias. Quando era mais novo, ele sentava num engradado na cozinha do hotel depois das aulas, lendo gibis e histórias dos Hardy Boys enquanto a avó arrumava e limpava os andares de cima. Como o menino não tinha mais nem pai nem mãe, ela preferia manter o neto de 9 anos por perto em vez de deixar o menino sozinho em casa. Ver Elwood com os homens que trabalhavam na cozinha fazia Harriet pensar naquelas tardes como uma espécie de escola. Num certo sentido, ela achava que era bom para ele ter homens por perto. Os cozinheiros e garçons viam o menino como uma mascote, brincavam de esconde-esconde com ele e davam conselho sobre todo tipo de assunto: como os brancos se comportavam, como tratar uma garota que não se dá ao respeito, estratégias para esconder dinheiro pela casa. Na maior parte do tempo, Elwood não entendia o que os sujeitos mais velhos falavam, mas fazia que sim com a cabeça, num gesto decidido, antes de voltar às histórias de aventura.

Depois dos horários mais movimentados, Elwood às vezes desafiava o pessoal que lavava a louça para ver quem secava os pratos mais rápido, e eles fingiam ficar decepcionados por não terem a mesma habilidade que o menino. Gostavam de ver Elwood sorrir e gostavam da estranha felicidade que ele sentia a cada vitória. Mas então a equipe foi mudando. Os novos hotéis do centro estavam à caça de funcionários, cozinheiros não paravam mais no emprego, alguns dos garçons não voltaram depois que a cozinha reabriu, recuperada dos prejuízos causados pela enchente. Com essas mudanças, as competições de secagem de pratos passaram de uma novidade cativante para uma trapaça mal-intencionada; os lavadores de louça mais novos viram que o neto de uma das faxineiras fazia o trabalho por eles se achasse que aquilo era um jogo, é só ficar de olho. Quem era aquele garoto sério que ficava vadiando ali enquanto o resto do pessoal trabalhava pesado, ganhando carinho do sr. Parker na cabeça como se fosse um cachorrinho, com a cara enfiada num gibi como se não tivesse nada para fazer? Os novos funcionários da cozinha tinham outras lições para ensinar a um menino. Coisas que eles aprenderam sobre o mundo. Elwood continuou sem saber que a premissa da competição tinha mudado. Quando ele lançava o desafio, todo mundo na cozinha tentava conter o riso.

Elwood tinha 12 anos quando as enciclopédias apareceram. Um dos ajudantes de garçom entrou na cozinha arrastando uma pilha de caixas e convocou uma reunião. Elwood deu um jeito de entrar no meio dos outros — era uma coleção de enciclopédias que um caixeiro-viajante deixara para trás num dos quartos. Havia lendas sobre as coisas valiosas que brancos ricos deixavam nos quartos, mas era raro que um butim desse tipo chegasse até eles. Barney, o cozinheiro, abriu a caixa de cima e segurou o volume com encadernação de couro da *Enciclopédia Universal Fisher, Aa-Be*. Ele passou o livro para Elwood, que ficou surpreso ao perceber como era pesado, um tijolo com páginas cujas bordas eram pintadas de vermelho. O garoto folheou o livro, semicerrando os olhos para ler as palavras minúsculas — *Aqueus, Argonauta, Arquimedes* — e se imaginou no sofá da sala copiando as palavras de que gostasse. Palavras que pareciam interessantes na página ou que soassem interessantes na pronúncia imaginada por ele.

Cory, o ajudante de garçom, ofereceu a sua descoberta — ele não sabia ler e não tinha planos de aprender tão cedo. Elwood fez o seu lance. Dado o perfil da cozinha, era difícil imaginar outra pessoa que fosse querer enciclopédias. Então Pete, um dos lavadores de louça, disse que ia disputar a enciclopédia com ele.

Pete era um texano desajeitado que tinha começado a trabalhar dois meses antes. Fora contratado para limpar as mesas, mas, depois de alguns incidentes, acabou sendo transferido para a cozinha. Ele ficava olhando por cima do ombro enquanto trabalhava, como se estivesse sempre preocupado com a possibilidade de estar sendo observado, e não falava muito, embora, com o tempo, sua gargalhada rascante tivesse levado os outros homens da cozinha a dirigir suas piadas a ele. Pete limpou as mãos nas calças e disse:

— A gente tem tempo antes do jantar, se você topar.

O pessoal da cozinha transformou aquilo numa competição séria. A maior até então. Alguém arranjou um cronômetro e entregou para Len, o garçom grisalho que trabalhava no hotel fazia mais de vinte anos. Ele era meticuloso com seu uniforme de serviço preto, e afirmava ser sempre o homem mais bem-vestido do local, deixando os clientes brancos para trás. Por sua atenção aos detalhes, ele seria um árbitro dedicado. Duas pilhas de cinquenta pratos cada foram organizadas, depois de uma lavagem adequada, supervisionada por Elwood e Pete. Os dois ajudantes de garçom agiram como padrinhos do duelo, prontos para passar aos competidores panos de prato secos quando eles pedissem. Alguém ficou de sentinela na porta da cozinha para o caso de um gerente aparecer.

Embora não fosse dado a bravatas, Elwood jamais tinha perdido uma competição de secagem de pratos em quatro anos, e exibia confiança no rosto. Pete tinha um ar concentrado. Elwood não via o texano como uma ameaça, já tinha ganhado dele em outras competições. Em geral, Pete sabia perder.

Len faz a contagem regressiva e ambos começaram. Elwood se manteve fiel ao método que aperfeiçoou ao longo dos anos, mecânico e suave. Ele jamais deixava um prato molhado escorregar nem lascava a louça por colocar no balcão rápido demais. Enquanto os homens da cozinha torciam, a pilha de pratos secos de Pete começou a deixar Elwood nervoso. O texano estava na frente, mostrando um fôlego inédito. Os espectadores soltavam exclamações de espanto. Elwood se apressou, concentrado na imagem das enciclopédias na sala de casa.

Len disse:

— Parem!

Elwood ganhou por um prato. Os homens gritaram, riram e trocaram olhares cujo sentido Elwood interpretaria mais tarde.

Harold, um dos ajudantes de garçom, deu um tapa nas costas de Elwood.

— Você foi feito para lavar pratos, campeão. — Toda a cozinha riu.

Elwood devolveu o volume *Aa-Be* para a caixa. Era um prêmio e tanto.

— Você mereceu — disse Pete. — Espero que use bastante esses livros.

Elwood pediu ao gerente da equipe de limpeza que avisasse à sua avó que ele ia esperar por ela em casa. Estava louco de vontade para ver a reação dela ao encontrar a enciclopédia nas prateleiras de livros, elegante e distinta. Arrastou, todo curvado, as caixas até o ponto de ônibus na Tennessee Street. Ver Elwood do outro lado da rua — o rapaz sério erguendo sua carga contendo o conhecimento do mundo — era como testemunhar uma cena que poderia ter sido ilustrada por Norman Rockwell, se Elwood tivesse pele branca.

Em casa, pegou os Hardy Boys e os Tom Swift da prateleira verde na sala de estar e tirou os livros das caixas. Fez uma pausa no *Ga*, curioso para saber como os homens inteligentes da empresa Fisher lidaram com a palavra *galáxia*. Mas todas as páginas estavam em branco. Todos os volumes da primeira caixa estavam em branco exceto aquele que ele viu na cozinha. O menino abriu as outras duas caixas, o rosto ficando quente. Os livros não continham nada.

Quando chegou em casa, a avó sacudiu a cabeça e disse que talvez aqueles exemplares estivessem com defeito ou fossem cópias falsas para o vendedor mostrar aos clientes, para que eles pudessem ver como a coleção completa ficaria na casa deles. Naquela noite, na cama, os pensamentos de Elwood giravam e zumbiam como uma engenhoca. Passou pela cabeça dele que o ajudante de garçom e todos os homens da cozinha sabiam que os livros estavam em branco. Foi tudo um circo.

Ele manteve a enciclopédia na prateleira mesmo assim. Os livros eram imponentes, mesmo depois de a umidade começar a descascar as capas. O couro também era falso.

A tarde seguinte foi a última de Elwood na cozinha. Todo mundo estava prestando atenção demais a ele. Cory testou Elwood dizendo "E aí, gostou dos livros?" e esperou a reação. Perto da pia, Pete ostentava um sorriso que parecia ter sido cravado na mandíbula com uma facada. Eles sabiam. A avó concordou que ele já tinha idade suficiente para ficar sozinho em casa. Durante todo o ensino médio, o rapaz ficou remoendo se os lavadores de pratos deixaram que ele ganhasse. Tinha muito orgulho da sua habilidade, mesmo que fosse algo tão tolo e simples. Jamais chegou a uma conclusão antes do Nickel, que tornou a verdade das competições algo inescapável.

CAPÍTULO DOIS

Dizer adeus à cozinha também significava abandonar outro jogo, o que Elwood não contava a ninguém. Toda vez que a porta entre a cozinha e o salão onde ficavam as mesas abria, ele apostava se havia clientes negros lá. Afinal, de acordo com a Suprema Corte no caso *Brown contra o Conselho de Educação*, o restaurante do Richmond Hotel era integrado — então, era só uma questão de tempo para as barreiras invisíveis serem transpostas. Na noite em que o rádio anunciou a decisão dos ministros, a avó gritou como se alguém tivesse jogado sopa quente no colo dela. A mulher se recompôs e ajeitou o vestido.

— Jim Crow não vai sumir assim tão fácil — disse ela. — Aquele malvado.

Na manhã depois do julgamento, o sol nasceu e tudo parecia igual. Elwood perguntou à mãe quando os negros iam começar a se hospedar no Richmond, e ela disse que uma coisa é dizer a alguém fazer o que é certo e outra coisa é a pessoa obedecer. Como prova, ela citou exemplos do comportamento do próprio filho, e Elwood fez que sim com a cabeça: *Pode ser*. Mais cedo ou mais tarde, porém, a porta ia abrir e revelar um rosto marrom — um empresário elegante de Tallahassee a negócios ou uma mulher chique que estivesse conhecendo pontos turísticos da cidade — desfrutando dos pratos cheirosos que os cozinheiros preparavam. Ele tinha certeza disso. O jogo começou quando ele estava com 9 anos, e, três anos depois, as únicas pessoas de cor que ele vira no salão carregavam pratos, copos ou um esfregão. Até as tardes no Richmond terminarem, ele jamais abandonou o jogo. Não ficava claro se o seu oponente nesse jogo era a sua própria tolice ou se a constante teimosa do mundo.

O sr. Parker não foi o único a enxergar um funcionário valoroso em Elwood. Brancos viviam fazendo ofertas de trabalho para ele, reconhecendo seu jeito diligente e temperamento estável, ou, ao menos, reconhecendo que ele se comportava de um jeito diferente dos outros meninos negros e tomando isso por diligência. O sr. Marconi, proprietário da tabacaria na Macomb Street, observou Elwood desde bebê, num carrinho meio enferrujado que rangia. A mãe de Elwood era uma mulher magra com olhos negros, cansados, que não movia um dedo para acalmar o filho. Ela comprava pilhas de revistas de cinema e desaparecia na rua, com Elwood uivando durante todo esse tempo.

O sr. Marconi abandonava sua posição perto do caixa sempre que podia. Agachado e suando, com um pequeno topete e um bigode preto e fino, ele inevitavelmente chegava ao fim do dia todo desmazelado. O ar em frente à loja cheirava ao seu tônico capilar, e ele deixava um rastro aromático em tardes quentes. Da sua cadeira, o sr. Marconi via Elwood ficar mais alto e mais magro, crescendo em direção ao seu próprio sol, se afastando dos garotos da vizinhança, que agiam como uns tolos briguentos nos corredores e enfiavam doces no bolso do macacão quando achavam que o sr. Marconi não estava olhando. Ele via tudo, mas não dizia nada.

Elwood pertencia à segunda geração dos clientes dele em Frenchtown. O sr. Marconi colocou o letreiro na loja meses depois de a base militar abrir, em 1942. Soldados negros pegavam o ônibus no campo Gordon Johnston ou na base aérea Mabry para tocar o terror em Frenchtown durante o fim de semana, depois se arrastavam de volta para treinar para a guerra. Ele tinha parentes que abriram lojas no centro da cidade e prosperaram, mas um branco que conhecesse a economia da segregação podia ganhar uma bela grana. A Marconi's ficava a poucas portas do Bluebell Hotel. O bar Tip Top e o salão de bilhar Marybelle's ficavam na mesma quadra. Ele construiu um negócio sólido vendendo vários tipos de tabaco e latinhas de profiláticos Romeos.

Quando a guerra acabou, ele passou os charutos para a parte de trás da loja, repintou as paredes de branco e acrescentou expositores de revistas, docinhos e uma geladeira com refrigerantes, o que melhorou muito a reputação do lugar. Ele contratou um funcionário. Não precisava de empregados, mas sua esposa gostava de dizer que ele tinha um funcionário, e ele imaginou que isso tornaria a loja mais acessível para um segmento mais distinto da Frenchtown negra.

Elwood tinha 13 anos quando Vincent, que havia muito tempo era o repositor da loja, se alistou no exército. Vincent nunca foi o mais cuidadoso dos funcionários, mas era rápido e asseado, duas qualidades que o sr. Marconi valorizava nos outros, embora não em si mesmo. No último dia de Vincent, Elwood estava matando tempo lendo os gibis que ficavam num dos expositores no fundo da loja, como fazia em grande parte das tardes. Ele tinha o curioso hábito de ler todas as revistas em quadrinhos de capa a capa antes de comprar, e comprava todas as revistas em que colocava a mão. O sr.

Marconi perguntou por que fazer aquilo se ele ia comprar independente de a revista ser boa ou não, e Elwood respondia: "Só para ter certeza." O comerciante perguntou se ele precisava de um emprego. Elwood fechou um exemplar de *Journey into Mystery* e disse que tinha que perguntar para a vó.

Harriet tinha uma longa lista de regras sobre o que era e o que não era aceitável, e às vezes o único jeito de Elwood saber como aquilo tudo funcionava era cometendo um erro. Ele esperou até depois da janta, quando ambos terminaram de comer o bagre frito e a salada de folhas amargas, e a avó estava se levantando para limpar a mesa. Naquele caso, ela não tinha nenhuma objeção secreta, apesar do fato de que o tio Abe fumava charutos e olha só o que aconteceu com ele, apesar da história de que a Macomb Street era um laboratório de vícios e apesar do fato de a avó ter transformado o tratamento ruim dado a ela por um atendente de loja italiano num dos seus rancores preferidos.

— Mas, provavelmente, eles não são parentes — disse ela, limpando as mãos. — Ou se forem, devem ser primos distantes.

Ela deixou Elwood trabalhar na loja depois da aula e nos fins de semana, levando metade do salário para ajudar na casa e guardando metade para pagar a faculdade. Elwood tinha falado em fazer faculdade no verão anterior, de passagem, sem nem suspeitar da importância do que estava dizendo. O julgamento do caso *Brown contra o Conselho de Educação* fora uma reviravolta improvável, mas alguém da família de Harriet ter pretensões de chegar ao ensino superior era um verdadeiro milagre. Quaisquer dúvidas que pudessem restar em relação à tabacaria ficaram para trás diante dessa possibilidade.

Elwood arrumava os jornais e os gibis nos expositores, tirava o pó dos doces menos populares e se certificava de que as caixas de charutos ficassem dispostas de acordo com as teorias de Marconi sobre o posicionamento e sobre como isso estimulava "a parte feliz do cérebro humano". Continuava rondando os gibis, lendo com cautela como se estivesse lidando com dinamite, mas as revistas de notícias exerciam nele uma atração magnética. Deixou-se dominar voluptuosamente pela *Life*. Um grande caminhão branco despejava uma pilha de exemplares da *Life* toda terça — Elwood aprendeu a identificar o som do freio do veículo. Depois de organizar as revistas que seriam devolvidas e expor as recém-chegadas, ele sentava na escadinha portátil para acompanhar as mais recentes incursões da revista aos rincões desconhecidos do país.

Ele conhecia a parte da luta dos negros que acontecia em Frenchtown, onde terminava a vizinhança dele e a lei dos brancos tomava conta. Os ensaios fotográficos da *Life* o levavam para a linha de frente, para os boicotes de ônibus em Baton Rouge, para os protestos em Greensboro, onde garotos não muito mais velhos do que ele tomaram conta do movimento. Foram espancados com barras de ferro, receberam jatos d'água de mangueiras de incêndio, levaram cuspes de donas de casa brancas com rostos enfurecidos, e foram congelados pela câmera em imagens de nobre resistência. Os detalhes diminutos eram espantosos: o modo como as gravatas dos rapazes se mantinham como setas negras esticadas em meio ao turbilhão de violência, como as curvas dos penteados perfeitos das moças flutuavam contra os quadrados dos seus cartazes de protesto. De algum modo glamourosos, mesmo quando o sangue escorria das suas faces. Jovens cavaleiros combatendo dragões. Elwood tinha ombros estreitos, era magro como uma vareta, e se preocupava com a segurança dos seus óculos, que eram caros e, nos seus sonhos, partidos em dois por cassetetes, chaves de boca ou tacos de beisebol, mas ele queria se alistar. Não tinha escolha.

Folheava quando o movimento baixava. Os turnos de trabalho de Elwood na Marconi's forneciam modelos para o homem que ele queria ser, e o separavam do tipo de garoto de Frenchtown que ele não era. Havia muito tempo que a avó tentava evitar que ele ficasse por aí com os meninos do bairro, que ela via como indolentes e cada vez mais indisciplinados. A tabacaria, assim como a cozinha do hotel, era um santuário seguro. Harriet criava o menino de modo rigoroso, todo mundo sabia, e os outros pais do mesmo trecho da Brevard Street ajudaram a manter Elwood à parte ao transformá-lo em exemplo. Quando os meninos que brincavam de polícia e ladrão com ele perseguiam Elwood pela rua de vez em quando ou atiravam pedras nele, era mais por ressentimento do que por travessura.

Gente da vizinhança parava na Marconi's o tempo todo, e seus mundos se sobrepunham. Certa tarde, o sino sobre a porta soou e a sra. Thomas entrou.

— Olha, sra. Thomas — disse Elwood. — Tem uns de laranjas bem gelados ali.

— Acho que vou aceitar, El — respondeu a mulher. Sempre por dentro da última moda, a sra. Thomas usava um vestido feito em casa, amarelo de bolinhas, que ela copiou de uma foto da Audrey Hepburn numa revista. Ela sabia muito bem que eram pouquíssimas as mulheres do bairro que poderiam vestir aquilo com tal confiança, e quando ficava em pé parada, era difícil não suspeitar que ela estava posando, esperando o espocar dos flashes.

A sra. Thomas fora a melhor amiga de Evelyn Curtis durante a adolescência. Uma das primeiras memórias de Elwood era sentar no colo da mãe em um dia quente enquanto as duas jogavam canastra. Ele se contorcia para ver as cartas da mãe, e ela dizia para ele parar quieto, que estava muito calor lá fora. Quando ela levantava para ir à casinha, a sra. Thomas lhe dava golinhos escondidos do seu refrigerante de laranja. A língua alaranjada do menino entregava os dois, e Evelyn repreendia o filho sem muita convicção enquanto ambos davam risadinhas. Elwood sempre se lembrava desse dia.

A sra. Thomas abriu a bolsa para pagar pelos refrigerantes e a edição da *Jet* da semana.

— Está indo bem na escola?

— Sim, senhora.

— Eu não abuso do trabalho do menino — disse o sr. Marconi.

— Hum — falou a sra. Thomas. O tom dela era de desconfiança. As senhoras de Frenchtown se lembravam da época em que a tabacaria não tinha uma boa reputação e consideravam o italiano um cúmplice das desgraças domésticas que sofriam. — Continue fazendo o que tem que fazer, El. — Ela pegou o troco, e Elwood a viu sair. A mãe dele tinha abandonado a família, mas era possível que ela mandasse cartões-postais daqui e dali para a amiga, mesmo tendo se esquecido de escrever para o filho. Um dia, talvez, a sra. Thomas compartilhasse alguma notícia com ele.

O sr. Marconi vendia a *Jet*, claro, e a *Ebony*. Elwood convenceu o patrão a vender o *The Crisis*, o *The Chicago Defender* e outros jornais negros. A avó e suas amigas assinavam esses jornais, e ele achava estranho que a loja não vendesse.

— Você tem razão — falou o sr. Marconi. Ele apertou o lábio. — Acho que a gente vendia antes. Não sei o que aconteceu.

— Ótimo — disse Elwood.

Muito depois de o sr. Marconi ter parado de se preocupar com os hábitos de compra dos seus clientes regulares, Elwood mantinha em mente o que fazia cada pessoa ir à loja. Seu antecessor, Vincent, de vez em quando animava o lugar contando uma piada suja, mas não se podia dizer que tivesse iniciativa. Já Elwood tinha iniciativa de sobra, lembrando ao sr. Marconi qual fornecedor de tabaco ficara devendo para eles e qual doce não precisava ser reabastecido. O sr. Marconi tinha dificuldade de diferenciar as senhoras negras de Frenchtown — todas faziam a mesma carranca quando o viam —, e Elwood era competente no papel de embaixador. Ele olhava para o garoto perdido em pensamentos, folheando as revistas, e tentava descobrir o que o motivava. A avó era firme, quanto a isso não havia dúvidas. O garoto era inteligente e trabalhador e um orgulho para a sua raça. Mas Elwood, às vezes, era tolo com as coisas mais simples. Não sabia quando recuar e deixar as coisas acontecerem. Como no caso do olho roxo.

A criançada roubava doces, independente da cor da pele. O próprio sr. Marconi, na sua juventude desregrada, tinha inventado todo tipo de bobagem. Você perde uma porcentagem aqui e ali, mas isso fazia parte do custo dos negócios — os meninos roubam uma barra de chocolate hoje, mas eles e os amigos continuam gastando na loja por anos. Eles e os pais. Saia correndo atrás dos meninos na rua por causa de uma ninharia e a história se espalha, sobretudo numa vizinhança como essa em que todo mundo se mete na vida de todo mundo, e então os pais ficam constrangidos e param de vir à loja. Do ponto de vista dele, deixar a criançada roubar era praticamente um investimento.

À medida que ficava mais tempo na loja, Elwood passou a ver as coisas de um jeito diferente. Antes de trabalhar na Marconi's, os amigos dele exultavam com os roubos de guloseimas, se vangloriando e fazendo bolas rosas insolentes de chiclete quando já estavam a uma boa distância da loja. Elwood não participava, mas nunca se incomodou com aquilo. Quando o contratou, o sr. Marconi explicou como lidava com os larápios, da mesma forma que explicou onde guardava o escovão e quais eram os dias em que as maiores remessas chegavam. Com o passar dos meses, Elwood viu doces desaparecendo dentro dos bolsos dos garotos. Garotos que ele conhecia. Talvez com uma piscadinha para Elwood se os olhares se cruzassem. Por um ano, não disse nada. Mas, no dia em que Larry e Willie pegaram as balas de limão na hora em que o sr. Marconi se abaixou atrás do balcão, ele não se segurou.

— Devolve isso.

Os meninos ficaram paralisados. Larry e Willie conheciam Elwood a vida toda. Jogaram bolinha de gude e pega-pega quando eram pequenos, embora isso tenha acabado quando Larry tacou fogo num terreno baldio na Dade Street e Willie reprovou duas vezes na escola. Harriet riscou os dois da lista de companhias aceitáveis do neto. As três famílias se conheciam há gerações em Frenchtown. A avó de Larry participava do mesmo grupo que Harriet na igreja, e o pai de Willie foi um grande amigo de infância de Percy, pai de Elwood. Eles partiram juntos para o exército. O pai do Willie passava o dia na varanda na frente de casa na sua cadeira de rodas, fumando cachimbo, e acenava sempre que Elwood passava.

— Devolve — disse Elwood.

O sr. Marconi inclinou a cabeça: *Já chega*. Os garotos colocaram o doce de volta e saíram da loja, fumegando de raiva.

Eles sabiam o caminho que Elwood fazia. Às vezes, tiravam sarro dele por ser certinho demais quando passava de bicicleta na janela de Larry a caminho de casa. Naquela noite, os dois atacaram o menino. Estava começando a escurecer, e o cheiro das magnólias se misturava ao aroma de carne de porco frita. Jogaram Elwood e a bicicleta no asfalto novo que a prefeitura tinha colocado naquele inverno. Os meninos rasgaram a blusa dele, atiraram os seus óculos na rua. Enquanto batia nele, Larry perguntou a Elwood se ele tinha algum juízo; Willie disse que ele precisava aprender uma lição e mostrou como pretendia ensiná-la. Elwood conseguiu dar um soco aqui, outro ali, mas nada que valesse a pena mencionar. Não chorou. Quando via dois meninos menores brigando na porta de casa, Elwood era do tipo que intervinha e ajudava a esfriar os ânimos. Agora era ele quem estava apanhando. Um sujeito mais velho que morava do outro lado da rua separou a briga e perguntou a Elwood se ele queria se limpar ou beber um copo de água. Ele recusou.

A corrente tinha caído e ele foi empurrando a bicicleta até em casa. Harriet não pressionou o menino quando perguntou o que tinha acontecido com o olho. Ele balançou a cabeça. De manhã, o inchaço roxo debaixo do olho era uma bolha de sangue.

Elwood precisava admitir que Larry tinha razão: às vezes, parecia que ele não tinha juízo mesmo. Não sabia explicar aquilo, nem para si mesmo, até que o seu disco preferido lhe emprestou as palavras. *Devemos acreditar, em nossas almas, que somos alguém, que somos importantes, que somos dignos, e devemos andar pela rua da vida com esse senso de dignidade e essa noção de sermos alguém.* O LP girava e girava, como um argumento que sempre voltava à sua premissa incontestável, e as palavras do dr. King enchiam a sala da casa. Elwood seguia um código — e Martin Luther King mostrou a ele a forma, a articulação e o sentido desse código. Há forças poderosas que querem manter os negros em situação de inferioridade, como Jim Crow, e há forças menores que querem manter você em situação de inferioridade, como as outras pessoas, e, ao se deparar com todas essas coisas, as grandes e as pequenas, você deve erguer a cabeça e manter em mente a noção de quem você é. A enciclopédia está vazia. Existem pessoas que te enganam e te entregam o nada com um sorriso, ao mesmo tempo em que outros tentam roubar a sua autoestima. Você precisa se lembrar de quem você é.

Senso de dignidade. O jeito como aquele homem falava, com os chiados e tudo: uma força inalienável. Mesmo quando as consequências esperam por você nas esquinas escuras a caminho de casa. Eles bateram em Elwood, rasgaram as roupas dele e não entenderam por que ele queria proteger o homem branco. De que maneira poderia dizer a eles que as transgressões que fizeram contra o sr. Marconi — fosse uma bala ou um gibi — eram insultos contra o próprio Elwood? Não porque todo ataque a um irmão fosse um ataque a si mesmo, como diziam na igreja, mas porque, para ele, não reagir era deixar sua dignidade ser minada. Não importava que o sr. Marconi tivesse dito que não tinha problema, não importava que Elwood jamais falara uma palavra aos amigos quando eles roubavam bem na cara dele. Não fazia sentido até que só aquilo passou a fazer sentido.

Elwood era assim — nem melhor nem pior do que ninguém. No dia em que foi preso, um pouco antes do assistente do delegado aparecer, o rádio tocou um anúncio da Fun Town. Ele cantarolou a música. Lembrou que Yolanda King tinha 6 anos quando o pai dela falou a verdade sobre o parque de diversões e a ordem branca que mantinha a menina do lado de fora da cerca, olhando para dentro. Sempre olhando para aquele outro mundo do lado de dentro. Elwood tinha 6 anos quando os pais dele foram embora e pensou que essa era mais uma coisa que o ligava a ela, porque foi aí que ele despertou para o mundo.

CAPÍTULO TRÊS

No primeiro dia do ano letivo, os alunos da Lincoln High School receberam novos livros didáticos de segunda mão da escola dos brancos do outro lado da rua. Sabendo qual seria o destino dos livros, os alunos deixaram inscrições para os próximos donos: *Morre, crioulo! Você fede. Vai se foder.* Setembro era o mês perfeito para aprender os mais novos xingamentos usados pelos jovens brancos de Tallahassee, que, assim como a altura das saias e os cortes de cabelo, variavam de ano a ano. Era humilhante abrir um livro de biologia, virar a página para estudar o sistema digestivo e se deparar com um *Vê se morre, seu CRIOULO*, mas, à medida que o ano letivo passava, os alunos da Lincoln deixavam de prestar atenção aos palavrões e às sugestões mal-educadas. Como sobreviveriam a cada dia se toda afronta fosse suficiente para fazer você tombar numa vala? Você aprendia a focar a sua atenção.

O sr. Hill começou a trabalhar na escola quando Elwood entrou no primeiro ano do ensino médio. Ele cumprimentou o garoto e os outros alunos da aula de história e escreveu o próprio nome no quadro-negro. Depois, entregou canetas marcadoras pretas e disse para eles que sua primeira tarefa era riscar todos os palavrões dos livros.

— Sempre me deixava doido — disse ele —, ver essas coisas. Vocês todos estão tentando se educar. Não tem por que perder tempo com o que os tolos dizem.

Assim como o restante da turma, no início, Elwood foi devagar. Eles olhavam para os livros didáticos e depois para o professor. Depois, começaram a usar os marcadores. Aí, Elwood ficou animado. O coração dele acelerou: que aventura! Por que ninguém disse antes para fazerem isso?

— Não deixem passar nada — falou o sr. Hill. — Vocês sabem que esses meninos brancos são matreiros.

Enquanto os alunos riscavam os xingamentos e as pragas, ele contou à turma sobre si mesmo. Tinha acabado de chegar a Tallahassee, depois de completar os estudos em uma faculdade de pedagogia em Montgomery. Ele tinha visitado a Flórida uma vez no verão anterior quando, como viajante da liberdade — um negro que desafiava o sistema de lugares marcados nos ônibus para pessoas de cor —, desceu de um ônibus que ia de Washington D.C. para Tallahassee. Tinha marchado. Sentou-se em balcões de restaurantes proibidos para eles e esperou ser atendido.

— Fiz muito trabalho de faculdade — falou —, sentado lá, esperando por uma xícara de café. — Foi atirado em celas por delegados que alegavam que ele estava perturbando a ordem. O sr. Hill contava essas histórias quase entediado, como se o que fizera fosse a coisa mais natural do mundo. Elwood ficou pensando se tinha visto o sr. Hill nas páginas da *Life* ou do *Defender*, de braços dados com os grandes líderes do movimento, ou no fundo com pessoas anônimas, de cabeça erguida e orgulhoso.

O sr. Hill tinha uma grande coleção de gravatas-borboleta, com bolinhas, vermelhas, amarelo-banana. Seu rosto amplo e gentil de algum jeito ficava ainda mais gentil em função de uma cicatriz sobre o olho direito, onde fora atingido por um homem branco com uma chave de boca. "Nashville", respondeu ele quando alguém perguntou certa tarde, e deu uma mordida na sua pera. A aula se concentrava na história americana depois da Guerra Civil, mas, sempre que podia, o sr. Hill os guiava para o presente, ligando os acontecimentos de cem anos atrás com as vidas atuais dos alunos. Eles tinham começado uma caminhada no início da disciplina que sempre os levava até a entrada das suas casas.

O sr. Hill percebeu que Elwood era fascinado pela luta pelos direitos civis e dava um sorriso para o menino quando os dois concordavam. Os outros professores da escola sempre tiveram Elwood em alta conta, e eram gratos pelo temperamento tranquilo do garoto. Os que deram aula para os pais do menino tiveram dificuldade em entender a quem ele puxara — Elwood podia ter o nome do pai, mas não tinha nada do charme selvagem dele, nem da melancolia enervante de Evelyn. Os professores ficavam gratos quando eram resgatados pelas contribuições do aluno nas horas em que o calor da tarde deixava a turma apática e ele dizia *Arquimedes* ou *Amsterdã* no momento decisivo. O menino só tinha um volume aproveitável da *Enciclopédia Universal Fisher*, então era o que ele usava, o que mais podia fazer? Melhor do que nada. Pulando páginas, gastando o livro, revisitando as partes favoritas como se fosse um dos seus gibis de aventura. Como história, a enciclopédia era desconexa e incompleta, mas, mesmo assim, empolgante à sua maneira. Elwood enchia o caderno com as partes boas, as definições e a etimologia. Mais tarde, ele acharia essa pesquisa fragmentada patética.

Quando, no fim do primeiro ano, precisaram de alguém para interpretar o protagonista na peça do Dia da Abolição da Escravatura, ele era a escolha óbvia. Fazer o papel de Thomas Jackson, o homem que informa aos escravos de Tallahassee que eles estão livres, equivalia a treinar para uma versão de si mesmo no futuro. Elwood tratou o personagem com a seriedade que dedicava a todos os seus deveres. Na peça, Thomas Jackson era um cortador de cana numa fazenda que fugia para se alistar no exército da União no início da guerra, voltando para casa como líder político. A cada ano, Elwood inventava novas inflexões e gestos, as falas perdendo a rigidez à medida que as convicções dele próprio animavam o personagem. "É meu prazer informar a vocês, aprazíveis cavalheiros e damas, que é chegada a hora de abolir o jugo da escravidão e assumir nossos lugares como verdadeiros americanos! Enfim!" A autora da peça, uma professora de biologia, tentara evocar o encantamento da sua única viagem à Broadway anos antes.

Nos três anos em que Elwood interpretou o papel, a única constante era o nervosismo dele no clímax da peça, quando Jackson tinha que beijar a namorada na bochecha. Eles iam se casar e, implicitamente, viver uma vida feliz na Nova Tallahassee. Tanto fazia se Marie-Jean fosse interpretada por Anne, com suas sardas e seu rosto redondo; ou por Beatrice, que tinha dentes incisivos grandes saltando para fora da boca; ou, na última participação dele, por Gloria Taylor, trinta centímetros mais alta, o que o obrigava a ficar na ponta dos pés; ele sempre sentia um nó no peito e ficava tonto. Todas as horas passadas na biblioteca da Marconi's serviram como treino para os discursos pesados, mas não o ajudaram a atuar ao lado das beldades negras da Lincoln High, fosse no palco ou fora dele.

O movimento sobre o qual ele lia e fantasiava estava longe — depois foi chegando mais perto. Frenchtown teve os seus protestos, mas Elwood era novo demais para participar. Ele tinha 10 anos quando as duas meninas da Universidade A&M da Flórida propuseram boicotar os ônibus. No começo, a avó não entendeu por que queriam causar toda aquela algazarra, mas, depois de uns dias, estava indo de carona para o hotel como todo mundo.

— As pessoas de Leon County ficaram loucas — disse ela —, inclusive eu!

Naquele inverno, a cidade finalmente integrou as linhas de ônibus, e ela entrou e viu um motorista negro ao volante. Sentou no lugar que escolheu.

Quatro anos depois, quando os alunos decidiram ficar sentados na lanchonete em Woolworths, Elwood se lembrou da vó gargalhando. Ela chegou até a doar cinquenta centavos para ajudar nos custos legais quando o delegado mandou prender os alunos. Quando os protestos foram minguando, ela continuou a boicotar as lojas do centro, embora não ficasse claro quanto disso era solidariedade e quanto era o jeito dela de protestar contra os preços altos. Na primavera de 1963, correu o boato de que os universitários iam fazer um piquete no Cine Flórida para que passassem a aceitar negros na plateia. Elwood tinha bons motivos para achar que Harriet ficaria orgulhosa do neto ao se voluntariar.

Ele estava errado. Harriet Johnson era uma mulher frágil como um passarinho, que se portava com determinação implacável. Se fazer uma coisa valia a pena — fosse trabalhar, comer ou falar com outra pessoa — valia a pena fazer aquilo para valer, ou não valia nem um pouco. Ela mantinha um facão de cortar cana debaixo do travesseiro para o caso de invadirem a casa dela, e Elwood tinha dificuldade de imaginar que a velha sentisse medo de alguma coisa. No entanto, medo era o combustível dela.

Sim, Harriet aderira ao boicote dos ônibus. Não tinha escolha — não podia ser a única mulher de Frenchtown a pegar o transporte coletivo. Mas tremia toda vez que Slim Harrison parava o seu Cadillac 57 e ela se apertava no banco de trás junto com outras mulheres indo para o centro. Quando as ocupações começaram, ficou grata por ninguém esperar um gesto público da parte dela. Ocupações eram para os jovens, e ela não tinha coragem. Faça algo que está acima das suas possibilidades e vai acabar pagando o preço. Fosse com a fúria de Deus por pegar mais do que lhe cabia ou com os brancos ensinando a ela que não devia pedir mais do que as migalhas que estavam dispostos a dar, Harriet pagaria. O pai dela pagou, por não sair da frente de uma mulher branca na Tennessee Avenue. O marido dela, Monty, pagou quando deu a cara a tapa. Percy, pai de Elwood, ficou com muitas ideias depois que entrou para o exército e, quando voltou para Tallahassee, não havia espaço na cidade para tudo que ele tinha na cabeça. E agora Elwood. Ela tinha comprado aquele disco do Martin Luther King de um vendedor perto do Richmond por dez centavos e foi o pior dinheiro gasto na vida dela. Aquele disco era só um monte de ideias.

Trabalhar pesado era uma virtude fundamental, pois trabalhar pesado não deixava sobrar tempo para marchas ou ocupações. Elwood não ia ficar todo agitado por causa daquela bobagem do cinema.

— Você combinou com o sr. Marconi de trabalhar na loja dele depois da aula. Se o seu patrão não pode confiar em você, não vai conseguir emprego nenhum — disse a vó. O dever poderia ser uma proteção para ele, assim como foi para ela.

Um grilo cantou embaixo da casa. O inseto devia estar pagando aluguel, de tanto tempo que já morava lá. Elwood desviou o olhar do livro de ciências e respondeu:

— Tá bom.

Na tarde seguinte, ele pediu um dia de folga para o sr. Marconi. Elwood tinha faltado dois dias por causa de doença, mas, fora isso e algumas visitas para ver parentes, nunca deixara de ir ao trabalho naqueles três anos de loja.

O sr. Marconi concordou de imediato. Nem desviou o olhar do bilhete de aposta na corrida de cavalos.

Elwood vestiu as calças pretas da peça do Dia da Abolição da Escravatura do ano anterior. Ele tinha crescido alguns centímetros, então soltou a barra. Mesmo assim, uma nesga das meias brancas ficou aparecendo. Um novo prendedor cor de esmeralda mantinha a gravata preta no lugar, e ele só precisou de seis tentativas para dar o nó. Os sapatos estavam engraxados e brilhantes. Ele estava vestido adequadamente para o papel, embora continuasse preocupado com os óculos caso a polícia aparecesse com cassetetes, caso os brancos aparecessem com canos de ferro e tacos de beisebol. Tirou da cabeça as imagens cheias de sangue dos jornais e das revistas e pôs a camisa para dentro.

O garoto ouviu as pessoas cantando quando chegou ao posto Esso da Monroe. "O que queremos? Liberdade! Quando queremos? Agora!" Os estudantes da A&M marchavam em círculo, segurando cartazes e revezando palavras de ordem debaixo da marquise. O cinema exibia *Quando irmãos se defrontam* — se você tivesse 75 centavos e a cor de pele certa, podia ver Marlon Brando. O delegado e seus policiais se instalaram na calçada, de óculos escuros e braços cruzados. Um grupo de brancos zombava e provocava os manifestantes atrás dos policiais, e outros brancos estavam indo se unir a eles. Elwood manteve os olhos baixos enquanto contornava a multidão e se metia na fila de manifestantes atrás de uma moça mais velha com uma blusa listrada. Ela sorriu para Elwood e fez um aceno com a cabeça como se estivesse esperando por ele.

Ele se acalmou depois de ter se unido à corrente humana e passado a dizer as mesmas coisas que os outros. A LEI É IGUAL PARA TODOS. Onde estava o cartaz dele? Concentrado em se vestir de maneira adequada, ele se esqueceu dos acessórios. Jamais conseguiria ter feito um trabalho tão bom quanto o estêncil dos outros. Eles tinham prática. NÃO VIOLÊNCIA É O NOSSO LEMA. VENCEREMOS PELO AMOR. Um garoto baixinho com a cabeça raspada agitava um cartaz que dizia: VOCÊ QUER QUE OS IRMÃOS SE DEFRONTEM? em meio a um mar de pontos de interrogação que nem numa história em quadrinhos. Alguém pôs a mão no ombro de Elwood. Ele achou que ia ver uma chave de boca indo na direção da sua cabeça, mas era o sr. Hill. O professor de história convidou Elwood a participar de um grupo de alunos do terceiro ano da Lincoln. Bill Tuddy e Alvin Tate, dois caras do time de basquete universitário apertaram a mão dele. Antes, nenhum deles tinha dado sinal de que sabia da existência de Elwood. Ele mantinha seus sonhos relacionados ao movimento dos direitos civis tão secretos que jamais lhe passou pela cabeça que outros alunos da escola pudessem compartilhar da mesma necessidade de erguer a cabeça.

No mês seguinte, o delegado prenderia cerca de duzentos manifestantes e os acusaria de desacato e de aproveitar uma nuvem de gás lacrimogêneo para roubar colares, mas a primeira marcha terminou sem incidentes. A essa altura, os estudantes da FAMU estavam recebendo adesão dos alunos da escola técnica Melvin Griggs. De garotos brancos da Universidade da Flórida e também da Estadual. Gente habilidosa do Comitê de Igualdade Racial. Naquele dia, homens brancos velhos e jovens gritaram contra eles, mas nada que Elwood já não tivesse ouvido de motoristas enquanto pedalava na rua. Um dos meninos brancos de rosto vermelho parecia Cameron Parker, o filho do gerente do Richmond, e, após mais uma volta, Elwood confirmou a impressão. Eles tinham trocado gibis alguns anos antes, no beco atrás do hotel. Cameron não reconheceu Elwood. Um flash espocou no rosto dele e Elwood tomou um susto, mas o fotógrafo era do *Register*, que a avó se recusava a ler por fazer uma cobertura enviesada demais sobre a questão racial. Uma universitária de blusa azul justa entregou para ele um cartaz que dizia EU SOU UM HOMEM e, quando o protesto andou na direção do Cine State, ele segurou o cartaz acima da cabeça e emprestou a voz ao coro orgulhoso. O State estava passando *O dia em que Marte invadiu a Terra* e, naquela noite, Elwood achou que tinha viajado 150 mil quilômetros num só dia.

Três dias mais tarde, Harriet confrontou o neto — algum conhecido dela viu Elwood no protesto e esse foi o tempo que demorou para a notícia chegar até ela. Já tinham se passado anos desde a última vez em que a idosa bateu nele com um cinto e agora o menino era grande demais, por isso a mulher recorreu a uma antiga receita da família Johnson de cortar totalmente a comunicação, uma tática que remontava aos dias da Reconstrução, logo após a Guerra de Secessão, e que levava o seu alvo a um senso total de aniquilação. Ela baniu o uso da vitrola e, reconhecendo a resiliência dessa geração mais jovem de negros, transferiu o aparelho para o seu quarto e colocou tijolos em cima. Os dois sofreram com o silêncio.

Depois de uma semana, as coisas tinham voltado ao normal na casa, mas Elwood tinha mudado. *Mais próximo.* Durante o protesto, ele sentiu, de algum modo, que estava *mais próximo* de si mesmo. Por um momento. Lá debaixo do sol. Foi o que bastou para alimentar os sonhos dele. Depois que entrasse na faculdade e saísse da estreita casa com cômodos enfileirados da avó, a vida dele ia começar de verdade. Levar garotas ao cinema — ele estava cansado de se conter nessa área — e descobrir qual curso queria fazer. Achar o seu lugar na fila dos jovens sonhadores que se dedicavam a melhorar as vidas dos negros.

Aquele último verão em Tallahassee passou rápido. No último dia de aula, o sr. Hill deu a ele um exemplar de *Notas de um Filho nativo*, de James Baldwin, e a cabeça do garoto entrou em ebulição. *Os negros são americanos, e o destino deles é o destino do país.* Ele não tinha participado do protesto em frente ao Cine Flórida para defender os seus direitos nem os direitos dos negros, grupo do qual ele fazia parte; Elwood protestara pelos direitos de todos, até mesmo daqueles que gritavam contra o protesto. A minha luta é a sua luta, o seu fardo é o meu fardo. Mas como dizer isso às pessoas? Ele ficou acordado até tarde escrevendo cartas sobre a questão racial para o *Tallahassee Register*, que não publicou nenhuma, e para o *Chicago Defender*, que publicou uma. "Nós perguntamos para a geração mais velha: 'Vocês aceitam o nosso desafio?'" Tímido, não contou a ninguém e assinou sob um pseudônimo: Archer Montgomery. Soava ranzinza e inteligente, e ele só percebeu que tinha usado o nome do avô quando o viu impresso no jornal.

Em junho, o sr. Marconi virou avô, um marco que expôs novas facetas do italiano. Ele transformou a loja num palco de exibição do seu entusiasmo pela neta. Os longos silêncios deram lugar a aulas sobre as lutas dos imigrantes e a excêntricos conselhos comerciais. Ele passou a fechar a loja uma hora mais cedo para visitar a neta e pagava a Elwood pelo turno completo. O menino, então, ia até as quadras de basquete para ver se havia alguém jogando. Só assistia, nunca jogava, mas a participação nos protestos diminuíra a timidez e levado o garoto a fazer alguns amigos que também não estavam jogando, gente que morava a duas quadras e que ele encontrava havia anos, mas com quem nunca tinha conversado. Outras vezes, ele ia até o centro com Peter Coombs, um menino da vizinhança que Harriet aprovava pelo fato de que ele tocava violino e, assim como o neto, tinha interesse por livros. Quando Peter não precisava ensaiar, eles andavam pelas lojas de discos e discretamente conferiam as capas dos LPs que eram proibidos de comprar.

— O que é "Dynasound"? — perguntou Peter.

Um novo estilo de música? Um jeito diferente de ouvir? Eles ficaram confusos.

De vez em quando, em uma tarde mais quente, as meninas da FAMU passavam na loja para tomar um refrigerante, alguém que tinha participado do protesto no Cine Flórida. Elwood pedia notícias sobre outros protestos e elas ficavam resplandecentes com a conexão e fingiam que o reconheciam. Mais de uma vez disseram que haviam presumido que ele era da faculdade. Elwood encarava os comentários como elogios, ornamentos no sonho de que tinha que sair de casa.

O otimismo deixava Elwood tão maleável quanto os chicletes baratos que ficavam perto da caixa registradora. Ele estava pronto quando o sr. Hill apareceu na loja naquele mês de julho e fez a sua sugestão.

Elwood demorou um pouco para reconhecê-lo. Nada de gravatas-borboletas coloridas, mas uma camisa xadrez laranja aberta e uma camiseta por baixo, óculos escuros modernos — o sr. Hill parecia alguém que não pensava em trabalho fazia meses, não apenas semanas. Ele cumprimentou o ex-aluno com a calma preguiçosa de alguém que teve o verão inteiro de folga. Pela primeira vez em um bom tempo ele não estava viajando nas férias, disse a Elwood.

— Tem muita coisa aqui para me manter ocupado — falou ele, acenando na direção da calçada. Uma moça com um chapéu de palha mole esperava por ele, a mão fina em cima dos olhos, bloqueando o sol.

Elwood perguntou se o sr. Hill precisava de alguma coisa.

— Vim ver você, Elwood — respondeu o professor. — Um amigo meu me falou de uma oportunidade e pensei em você na mesma hora.

O sr. Hill tinha um camarada dos viajantes da liberdade, um professor universitário que tinha conseguido emprego na escola técnica Melvin Griggs, a faculdade para negros ao sul de Tallahassee. Dando aulas de inglês e literatura americana, conseguira acabar o seu terceiro ano. Por um tempo, a faculdade fora mal administrada, mas o novo reitor estava mudando as coisas. Os cursos da Melvin Griggs estavam abertos para alunos de ensino médio com bom desempenho já fazia um tempo, mas nenhuma família local sabia disso. O reitor atribuiu essa tarefa ao amigo do sr. Hill, e ele pôs a mão na massa: quem sabe podia haver alguns meninos extraordinários na Lincoln que estivessem interessados?

Elwood agarrou a vassoura com mais força.

— Parece ótimo, mas não sei se a gente tem dinheiro para cursos como esse.

Depois, o menino balançou a cabeça: era exatamente para cursar a faculdade que ele vinha economizando. Qual era o problema se frequentasse os cursos enquanto ainda estava na Lincoln?

— Mas é isso que estou dizendo, Elwood: é de graça. Pelo menos neste outono, para que eles consigam divulgar o programa na comunidade.

— Preciso perguntar para a minha vó.

— Faça isso, Elwood — disse o sr. Hill. — Eu posso falar com ela também. — Ele colocou a mão no ombro do menino. — Isso seria perfeito para um rapaz como você. Você é o tipo de aluno para quem eles inventaram esses cursos.

Mais tarde, naquele dia, enquanto tentava matar uma mosca gorda e barulhenta na loja, Elwood pensou que provavelmente não havia muitos garotos brancos em Tallahassee que cursassem o ensino superior. *Aquele que fica para trás na corrida deve ficar sempre para trás ou correr mais rápido de quem está à frente.*

Harriet não apresentou qualquer objeção à oferta do sr. Hill — as palavras *de graça* eram a chave. Depois disso, o verão de Elwood transcorreu devagar como uma tartaruga na lama. Como o amigo do sr. Hill dava aulas de inglês, ele achou que precisava se inscrever para um curso de literatura, mas, mesmo após descobrir que podia cursar o que quisesse, manteve a primeira opção. O curso de introdução a autores britânicos não era prático, como ressaltou a avó; porém, quanto mais ele pensava nisso, mais achava que era exatamente o charme daquelas aulas. Há muito tempo ele vinha sendo prático demais.

Podia ser que os livros didáticos da faculdade fossem novos. Sem nada escrito. Nada para riscar. Era possível.

No dia anterior antes do primeiro dia de aulas na faculdade, o sr. Marconi chamou Elwood ao caixa. Ele ia precisar faltar ao trabalho às terças para frequentar o curso; presumiu que o patrão queria se certificar de que estava tudo certo para a ausência dele. O italiano limpou a garganta e empurrou uma caixa de veludo na direção dele.

— Para a sua educação — disse ele.

Era uma caneta tinteiro azul-escuro com acabamento em metal. Um belo presente, mesmo sabendo que o sr. Marconi conseguia um bom desconto porque a papelaria era um cliente regular na loja. Eles apertaram as mãos de um jeito másculo.

Harriet desejou boa sorte ao neto. Ela conferia a roupa que ele usava para ir à aula toda manhã, mas, além de tirar um fiapo do tecido de vez em quando, jamais fazia qualquer correção. Naquele dia, não foi diferente.

— Você está elegante, El — disse ela. A avó deu um beijo na bochecha do neto antes que ele fosse para o ponto de ônibus, encolhendo os ombros do jeito que ela fazia quando tentava não chorar na frente do menino.

Elwood tinha bastante tempo antes de ir para a faculdade, mas estava com tanta vontade de ver a Melvin Griggs de perto pela primeira vez que foi para lá cedo. Na noite em que ficara com o olho roxo, dois elos da correia da bicicleta quebraram e, desde então, ela tendia a romper quando o garoto pedalava por um trecho mais longo. Ou ele ia pegar uma carona, ou andar os onze quilômetros. Passar pelo portão e explorar o campus, se perder em todos aqueles prédios, ou simplesmente sentar num banco ao lado do pátio e sorver o ar do local.

Ficou esperando na esquina da Velha Bainbridge por um motorista negro que estivesse indo em direção à rodovia estadual. Duas caminhonetes passaram por ele e, depois, um Plymouth Fury 61 verde-brilhante, baixo e com barbatanas como um bagre gigante freou. O motorista se debruçou e abriu a porta do passageiro.

— Estou indo para o sul — informou ele.

Os bancos verdes e brancos de vinil rangeram quando Elwood deslizou para dentro.

— Rodney — falou o sujeito, se apresentando. Rodney tinha uma compleição ampla mas sólida, como uma versão negra do ator Edward G. Robinson. O terno cinza e roxo de risca de giz completava o figurino. Quando Rodney apertou a mão dele, os anéis nos seus dedos cutucaram os de Elwood, e ele contraiu a mão.

— Elwood. — O rapaz colocou a mochila entre as pernas e olhou para o painel da era espacial do Plymouth, com todos os botões saltando dos detalhes em prata.

Eles rumaram ao sul pela estrada 636. Rodney mexia em vão no rádio.

— Isso sempre me dá problema. Tente você.

Elwood apertou os botões e encontrou uma estação de R&B. Ele quase trocou de estação, mas Harriet não estava lá para reclamar do duplo sentido nas letras, com explicações que sempre deixavam o menino perplexo e em dúvida. Ele deixou naquela emissora, que tocava um grupo de *doo-wop*. Rodney usava o mesmo tônico capilar que o sr. Marconi. O ar no carro estava acre e pesado com o cheiro. Nem no dia de folga ele se livrava daquilo.

Rodney estava voltando de uma visita à mãe, que morava em Valdosta, e informou que nunca tinha ouvido falar da Melvin Griggs, causando um pequeno estrago no orgulho que o garoto sentia pelo grande dia.

— Faculdade — disse Rodney. Ele assobiou entre os dentes. — Eu comecei a trabalhar numa fábrica de cadeiras quando tinha 14 anos.

— Eu trabalho numa tabacaria — contou Elwood.

— Não tenho dúvida — respondeu Rodney.

O apresentador da rádio deu as informações sobre a feira de trocas do domingo. Começou a tocar um anúncio da Fun Town, e Elwood cantarolou junto.

— O que é isso? — falou Rodney. Ele bufou alto e xingou. Passou a mão pela cabeça.

A luz vermelha de uma viatura policial girava no retrovisor.

Eles estavam numa área deserta e não havia outro carro por perto. Rodney murmurou e estacionou. Elwood colocou a mochila no colo, e Rodney mandou ele ficar calmo.

O assistente do delegado, um branco, estacionou alguns metros atrás. Ele colocou a mão esquerda no coldre e foi andando. Tirou os óculos escuros e colocou-os no bolso da camisa.

— Você não me conhece, certo? — falou Rodney.

— Não — respondeu Elwood.

— Vou falar isso para ele.

Agora o policial tinha sacado a arma.

— A primeira coisa que eu pensei quando disseram para ficar de olho num Plymouth. Só um crioulo mesmo para roubar uma coisa dessas — disse o policial.

PARTE

Dois

CAPÍTULO QUATRO

Depois que o juiz determinou que Elwood fosse para o Nickel, ele pôde passar três noites em casa. O carro do governo chegou às sete horas da terça-feira. O funcionário do tribunal era um caipira com uma barba grande e cheia, que andava se arrastando como se estivesse de ressaca. A camisa já não cabia mais nele, e a pressão que os botões sofriam dava a impressão de que o homem estava estufado. No entanto, ele, um branco com uma arma, então, apesar de maltrapilho, mandava uma mensagem. Ao longo da rua, homens olhavam das suas varandas e fumavam e agarravam a madeira da cerca como se com medo de cair para o outro lado. Os vizinhos olhavam pelas janelas, ligando a cena a eventos ocorridos anos antes, quando um garoto ou um homem foi levado e não se tratava de alguém que morava do outro lado da rua, mas de um parente. De um irmão, de um filho.

O funcionário jogava um palito de dentes de um lado para o outro da boca enquanto falava, o que não acontecia com muita frequência. Ele algemou Elwood a uma barra de metal que passava por trás do banco dianteiro e ficou calado por 150 quilômetros.

Eles chegaram a Tampa e, cinco minutos depois, o funcionário estava brigando com o escrivão da cadeia. Alguém tinha cometido um erro: todos os três garotos deviam ser enviados para o Nickel, e o menino negro devia ter sido pego por último, não primeiro. Tallahassee ficava a apenas uma hora do reformatório, afinal de contas. O escrivão perguntou se ele não tinha achado estranho o fato de ficar levando o menino para cima e para baixo do estado como um ioiô. A essa altura, o rosto do funcionário ficou vermelho.

— Eu só li o que estava no papel — disse ele.

— Está em ordem alfabética — respondeu o escrivão.

Elwood esfregou os ferimentos que as algemas fizeram nos seus pulsos e podia jurar que o banco na sala de espera era um banco de igreja, pois o formato era o mesmo.

Meia hora depois, eles estavam de volta à estrada. Franklin T. e Bill Y.: alfabeticamente distantes e com temperamentos ainda mais longínquos. Desde a primeira carranca, Elwood achou que os dois meninos brancos que estavam perto dele eram sujeitos durões. Franklin T. tinha o rosto com mais sardas que ele já tinha visto, além de um bronzeado profundo e cabelo ruivo em corte militar. Ele estava com a cabeça abaixada, o queixo no peito, olhando para os pés, mas, quando erguia os olhos para outras pessoas, eles sempre estavam vascularizados de fúria. Os olhos de Bill Y., por outro lado, tinham levado tantos socos que estavam pretos, roxos e lúgubres. Os lábios estavam inchados e tomados por cicatrizes. A marca de nascença marrom, em forma de pera, na bochecha direita, acrescentava outro tom ao rosto sarapintado. Ele bufou quando viu Elwood, e toda vez que as pernas deles se tocavam durante o caminho, Bill recolhia a perna como se estivesse encostando numa chaminé quente.

Independente das histórias de vida de cada um, independente do que tivessem feito para ser enviados ao Nickel, os garotos estavam acorrentados da mesma forma e indo para o mesmo destino. Franklin e Bill conversaram um pouco depois de um tempo. Era a segunda vez de Franklin no Nickel. A primeira foi por indisciplina; agora, ele voltava por vadiagem. Levou uma surra por ficar de olho na mulher de um dos responsáveis pelos dormitórios, mas, fora isso, era um lugar decente, na opinião dele. Pelo menos, ficava longe do seu padrasto. Bill era criado pela irmã e acabou andando com maus elementos, segundo o juiz. Eles quebraram a vitrine de uma farmácia, mas, para Bill, a história saiu barato. Ele ia para o Nickel por ter só 14 anos, mas os outros foram levados para Piedmont.

O funcionário disse para os meninos brancos que eles estavam sentados ao lado de um ladrão de carros, e Bill riu.

— Ah, eu sempre pegava carros para dar uma volta — falou. — Deviam ter me pegado por isso, não por uma vitrine idiota.

Perto de Gainesville, eles saíram da interestadual. O guarda parou o carro para todo mundo poder mijar e entregou sanduíches de mostarda para os três. Não algemou ninguém quando voltaram ao carro. O guarda disse que sabia que eles não iam fugir. Passou por fora de Tallahassee, pegando a estrada que contornava o local, como se o lugar nem existisse mais. *Nem reconheço mais as árvores*, pensou Elwood quando eles chegaram a Jackson County. Estava se sentindo para baixo.

Ele olhou para a escola e pensou que talvez Franklin tivesse razão — o Nickel não ia ser tão ruim. Ele esperava muros altos e arame farpado, mas não tinha muro nenhum no lugar. O campus estava meticulosamente bem-cuidado, uma imensidão de verde exuberante pontilhada por prédios de dois e três andares com tijolos aparentes. Os cedros e as faias, altos e antigos, criavam trechos de sombra. Era o terreno mais bonito que Elwood já tinha visto — uma escola de verdade, das boas, não o reformatório ameaçador que imaginou nas últimas semanas. Numa piada sem graça, a imagem parecia com o que ele esperava da escola técnica Melvin Griggs, com algumas estátuas e colunas a menos.

Eles percorreram de carro a longa estrada até o prédio da administração central, e Elwood viu de relance o campo de futebol americano onde alguns garotos se agarravam e gritavam. Ele tinha imaginado meninos com os pés acorrentados a bolas de ferro, algo que viu em algum desenho, mas aqueles camaradas estavam se divertindo ali, vociferando pelo gramado.

— Legal — disse Bill, contente. Elwood não era o único que estava mais tranquilo.

— Não banquem os engraçadinhos. Se os funcionários não encontrarem vocês ou se vocês não ficarem atolados no pântano... — avisou o guarda.

— Eles chamam aqueles cachorros da penitenciária estadual, da Apalachee — disse Franklin.

— Não se metam com ninguém e vão deixar vocês em paz — falou o guarda.

Dentro do prédio, o guarda acenou para uma secretária que levou o grupo até uma sala amarela cujas paredes estavam tomadas por arquivos de madeira. As cadeiras estavam dispostas em filas como numa sala de aula, e os garotos se sentaram bem longe um do outro. Elwood escolheu um lugar na frente, como era de seu costume. Todos se levantaram quando o supervisor Spencer abriu a porta com um golpe só.

Maynard Spencer era um homem branco de quase 60 anos, com trechos grisalhos no cabelo preto curto. Um "madrugador", como diria Harriet, cujos movimentos eram imponentes de propósito, como se ele ensaiasse tudo diante de um espelho. Ele tinha um rosto estreito de guaxinim que atraiu a atenção de Elwood para o nariz minúsculo, e círculos escuros debaixo dos olhos, além de sobrancelhas grossas e hirsutas. Spencer era minucioso com seu uniforme azul-escuro do Nickel; cada vinco das roupas parecia afiado o suficiente para cortar, como se o homem fosse uma lâmina viva.

Spencer acenou com a cabeça para Franklin, que agarrou os cantos da carteira. O supervisor conteve um sorriso, como se soubesse que o garoto ia voltar. Ele se recostou no quadro-negro e cruzou os braços.

— Vocês chegaram no fim do dia — falou —, então não vou me prolongar. As pessoas vêm para cá porque não descobriram como se comportar como gente decente. Não tem problema. Isso é uma escola, e nós somos os professores. Vamos ensinar vocês a fazerem as coisas como as outras pessoas fazem.

"Sei que já ouviu tudo isso antes, Franklin, mas é claro que não funcionou. Quem sabe dessa vez? Neste momento, vocês são todos Desbravadores. Temos quatro patentes de comportamento aqui: você começa como Desbravador; é promovido a Explorador; depois, Pioneiro; e, por fim, Ás. Ganhe créditos por agir da maneira certa, e você vai subir os degraus. Trabalhe para conseguir a patente mais alta e aí você se forma e volta para casa, encontrar sua família. Se é que eles vão aceitá-lo de volta, mas isso é com vocês."

Um Ás, segundo Spencer, escuta os funcionários e o responsável pelo dormitório, não evita trabalho nem faz nada malfeito, e se aplica nos estudos. Um Ás não é baderneiro, não fala palavrão, não diz blasfêmias nem dá chiliques. Ele trabalha para se ressocializar, desde o nascer do sol até a hora do crepúsculo.

— O tempo que vão passar aqui com a gente depende de vocês — falou Spencer. — A gente não fica de gracinha com idiotas. Temos um lugar para vocês caso façam burrada, e vocês não vão gostar. Vou me certificar disso pessoalmente.

O homem tinha um rosto severo, mas, quando tocou no enorme molho de chaves preso ao cinto, os cantos da boca estremeceram de prazer, pareceu, ou talvez estivessem sinalizando uma emoção mais lúgubre. O supervisor se voltou para Franklin, o garoto que tinha voltado para uma segunda temporada no Nickel.

— Conta para eles, Franklin.

A voz do garoto falhou e ele teve que se recompor antes de conseguir dizer:

— É verdade, senhor. Não é bom sair da linha aqui.

O supervisor olhou para um menino por vez, fez anotações mentais e ficou ali parado.

— O sr. Loomis vai terminar a recepção de vocês — disse ele, e saiu. O molho de chaves no cinto tilintava como esporas de um xerife de faroeste.

Um taciturno jovem branco — Loomis — apareceu minutos depois e os levou para o porão onde eram guardados os uniformes escolares. Calças jeans, camisas cinza e sapatos sociais marrons de tamanhos diferentes enchiam prateleiras nas paredes. Loomis mandou os meninos encontrarem as peças do seu tamanho, indicando a Elwood a seção dos negros, onde ficavam os itens mais gastos. Eles vestiram as roupas novas. Elwood dobrou sua camisa e o macacão e colocou dentro de um saco de lona que trouxe de casa. Ele tinha duas blusas no saco, além do terno da peça do Dia da

Abolição da Escravatura, que usava na igreja. Franklin e Bill não tinham levado nada.

Elwood tentou não olhar para as marcas nos corpos dos outros meninos enquanto eles se vestiam. Ambos tinham longas cicatrizes encaroçadas e marcas que pareciam queimaduras. Depois daquele dia, nunca mais viu Franklin e Bill. A escola tinha mais de seiscentos alunos; os garotos brancos seguiam colina abaixo e os negros, colina acima.

De volta à sala de admissão, eles esperaram que seus monitores viessem buscá-los. O de Elwood foi o primeiro a chegar, um sujeito rechonchudo de cabelos brancos com pele escura e olhos cinzentos e joviais. Se Spencer era severo e intimidador, a personalidade de Blakeley era suave e agradável. Ele apertou calorosamente a mão de Elwood e disse que era o responsável pelo dormitório em que o garoto ficaria, o Cleveland.

Eles foram andando até as habitações dos negros. A postura de Elwood ficou mais relaxada. Estava com medo de o lugar ser todo administrado por gente como Spencer e ficou imaginando o que isso significaria para o tempo que passaria ali — sob os olhos de homens que gostavam de fazer ameaças e de sentir o efeito que essas ameaças causavam nas pessoas —, mas talvez os funcionários negros cuidassem dos seus. E ainda que fossem tão maus quanto os brancos, Elwood jamais se permitiu o tipo de comportamento que causasse problemas para os outros. Ele se consolava com a noção de que bastava continuar fazendo o que sempre fizera: agir da forma correta.

Não havia muitos estudantes andando por ali. Viu silhuetas se mexendo nas janelas dos prédios residenciais. Era hora da janta, supôs Elwood. Os poucos meninos negros que passaram por eles no caminho de concreto cumprimentaram Blakeley com respeito e simplesmente não perceberam Elwood.

Blakeley disse que trabalhava no reformatório fazia onze anos, desde "os tempos difíceis até hoje". O estabelecimento tinha uma filosofia, explicou, de colocar o destino dos garotos nas mãos deles mesmos.

— Vocês estão encarregados de tudo — disse Blakeley. — Cozinhar os tijolos de todos esses prédios que você está vendo, fazer os pisos de concreto, cuidar de toda a grama. E o trabalho é bem-feito, como pode ver. — Ele continuou, falando que o trabalho deixava os garotos calmos e ensinava habilidades que poderiam ser usadas mais tarde na vida. A gráfica do Nickel editava todas as publicações do governo da Flórida, desde regras tributárias até multas de trânsito, passando por normas de construção. — Aprenda a executar esses pedidos grandes e assuma a responsabilidade por eles, esse é o tipo de conhecimento que você pode levar para a vida.

Todos os garotos tinham que frequentar a escola, essa era a regra. Talvez outros reformatórios não conseguissem um bom equilíbrio entre ressocialização e educação, mas, no Nickel, não deixavam o ensino de lado. Havia aulas a cada dois dias, alternando com os dias de trabalho, e os domingos eram de folga.

Blakeley percebeu que a expressão de Elwood mudou.

— Não era o que você esperava?

— Eu ia começar a ter aula na universidade este ano — disse Elwood. Era outubro; ele já estaria adiantado no semestre.

— Fale com o sr. Goodall sobre isso — disse Blakeley. — Ele dá aula para os meninos mais velhos. Tenho certeza de que podem chegar num acordo. — O homem sorriu. — Já trabalhou na lavoura? — perguntou. Havia diversas plantações nos 560 hectares dali: limão, batata-doce, melancia. — Eu cresci numa fazenda — falou Blakeley. — Para vários desses meninos, é a primeira vez que eles cuidam de alguma coisa.

— Sim, senhor — respondeu Elwood. Tinha uma etiqueta ou alguma coisa na camisa dele que ficava pinicando no pescoço.

Blakeley parou.

— Você sabe quando dizer *Sim, senhor*. Isso, aliás, deve ser dito o tempo todo. Você não vai ter problemas, filho. — Ele conhecia bem a "situação" de Elwood, a palavra mergulhada em eufemismo. — Tem uns moleques aqui que se atolam até o pescoço. Mas o Nickel é uma oportunidade de pensar na vida e colocar a cabeça no lugar.

O Cleveland era idêntico aos outros dormitórios do campus: tijolos feitos ali mesmo debaixo de um telhado de cobre esverdeado, cercado por sebes que saíam rasgando da terra vermelha. Blakeley acompanhou Elwood pela porta da frente e na hora ficou claro que o lado de fora era uma coisa e o lado de dentro, outra. Os pisos empenados rangiam sem parar e as paredes amarelas estavam arranhadas e riscadas. O estofado escapava dos sofás e das poltronas na sala de recreação. Iniciais e apelidos estavam gravados nas mesas, riscados por centenas de mãos horríveis. Elwood se concentrou nas tarefas domésticas que Harriet ia apontar para que ele prestasse atenção: o brilho difuso de impressões digitais nos pegadores dos armários e nas maçanetas, os tufos de pó e pelos nos cantos.

Blakeley explicou a planta do dormitório. No primeiro andar, havia uma pequena cozinha, a parte administrativa e duas salas grandes de convivência. No segundo, ficavam os dormitórios, dois deles para os alunos em idade de frequentar o ensino médio, e um reservado para os mais novos.

— A gente chama os alunos mais novos de "joões", não me pergunte por quê, ninguém sabe. — Blakeley morava no último andar, onde também havia alguns cômodos usados como despensa. Os meninos estavam indo para os quartos, segundo Blakeley. O refeitório ficava ali perto e a hora da janta estava acabando, mas ele queria alguma coisa da cozinha antes de os cozinheiros trancarem a porta e irem dormir? Mas Elwood não conseguia pensar em comida, estava tenso demais.

Havia uma cama vaga no quarto 2. Três fileiras de camas estavam espalhadas sobre o linóleo azul, cada fila com dez beliches, cada uma com um baú no pé para os meninos guardarem as suas coisas. Ninguém tinha prestado a mínima atenção em Elwood durante o caminho, mas aqui todos os meninos olhavam para ele de cima a baixo, alguns sussurrando com os amigos enquanto Blakeley caminhava com ele pelo espaço entre as camas, e outros guardando suas observações para outro momento. Um dos garotos parecia ter 30 anos, mas Elwood sabia que aquilo era impossível porque deixavam você sair aos 18. Alguns tinham um comportamento ríspido, como os meninos brancos do carro em Tampa, mas ele ficou aliviado ao ver que muitos pareciam garotos comuns do bairro dele, apenas mais tristes. Se fossem garotos comuns, ele conseguiria passar por aquilo.

Apesar do que tinha ouvido, o Nickel era uma escola, e não uma cadeia sombria para jovens infratores. Segundo o advogado, Elwood deu sorte. Roubar um carro era uma infração grave no Nickel. Ele ia descobrir que a maior parte dos internos tinha sido mandada para lá por infrações bem menores — e nebulosas e inexplicáveis. Alguns alunos estavam sob a custódia do estado por não ter família, e não havia outro lugar onde colocá-los.

Blakeley abriu o baú para mostrar a Elwood o sabonete e a toalha dele, e o apresentou para os meninos que dormiam à esquerda e à direita dele, Desmond e Pat. O funcionário mandou ambos mostrarem as regras para Elwood.

— E não pensem que não vou estar de olho em vocês. — Os dois meninos murmuraram um olá e voltaram para os seus cartões de beisebol quando Blakeley desapareceu.

Elwood nunca foi chorão, mas passou a chorar com frequência desde que sua prisão foi anunciada. As lágrimas surgiam à noite, quando ficava imaginando o que o Nickel reservava para ele. Quando ouvia a avó soluçando no quarto ao lado, agitada, abrindo e fechando coisas por não saber o que fazer com as mãos. Quando ele tentava e não conseguia descobrir por que a sua vida tinha enveredado por aquele caminho desgraçado. Ele sabia que não podia deixar os garotos verem o choro, por isso se virou na cama e colocou o travesseiro sobre a cabeça e ficou ouvindo as vozes: as piadas e as provocações, as histórias de casa e de amigos distantes, as conjecturas juvenis sobre como o mundo funcionava e os planos ingênuos dos meninos de serem mais espertos que todo mundo.

Ele tinha começado o dia na sua vida antiga e agora terminava aqui. A fronha fedia a vinagre, e, à noite, os gafanhotos e grilos guinchavam em ondas, primeiro baixo, depois alto, para lá e para cá.

Elwood estava dormindo quando um ruído diferente começou. Vinha lá de fora, uma agitação e um movimento que nunca variava. Ameaçador, mecânico e sem qualquer pista da sua origem. Ele não sabia de qual livro tinha tirado aquilo, mas a palavra que lhe veio à mente foi: *torrencial*.

— Alguém foi tomar sorvete — disse uma voz do outro lado do quarto, enquanto alguns meninos davam uma risadinha.

CAPÍTULO CINCO

Elwood conheceu Turner no seu segundo dia no Nickel, que também foi o dia em que ele descobriu a origem sombria do barulho.

— A maioria dos negros dura semanas antes de ir para lá — disse o menino chamado Turner. — Você tem que parar com essa merda de se oferecer para tudo, El.

Um corneteiro acordava os meninos com o toque da alvorada na maior parte das manhãs. Blakeley aparecia na porta do quarto 2 e gritava: "Hora de levantar!" Os alunos saudavam mais uma manhã no Nickel com gemidos e xingamentos. Faziam fila dupla, e aí vinha a ducha de dois minutos em que se lavavam com a barra de sabonete ressecado antes do tempo acabar. Elwood até conseguiu não parecer surpreso com os chuveiros comunitários, mas teve menos êxito em esconder o horror com a água gelada, que era penetrante e impiedosa. Além disso, ela fedia a ovo podre, assim como qualquer um que se banhasse nela, até que a pele secasse.

— Agora é hora do café — disse Desmond. A cama dele ficava ao lado da de Elwood e o menino se esforçava para obedecer às ordens que Blakeley dera na noite anterior. Desmond tinha uma cabeça redonda, bochechas rechonchudas de bebê, e uma voz que assustava qualquer pessoa que o ouvia pela primeira vez, de tão áspera e grave. A voz dele fazia os joões saltarem quando ele assustava os meninos, e ele se divertia com aquilo, até que um dia um supervisor com a voz ainda mais grave deu um susto nele, e o garoto aprendeu uma lição.

Elwood repetiu o seu nome para ele, para marcar um novo começo do relacionamento dos dois.

— Você me disse ontem à noite — informou Desmond. Ele amarrou o cadarço dos sapatos marrons, que estavam impecavelmente engraxados. — Se você já está aqui faz um tempo, eles esperam que ajude os Desbravadores. Isso te dá pontos. Estou quase chegando a Pioneiro.

Ele foi andando com Elwood pelos quatrocentos metros que separavam os dois do refeitório, mas se separaram na fila e, quando Elwood procurou um lugar para sentar, não encontrou. O refeitório era barulhento e tumultuado, cheio de meninos do Cleveland servindo suas porções matinais de gororoba. Elwood voltou a ficar invisível. Encontrou uma cadeira vazia numa das mesas longas. Quando se aproximou, um garoto deu um tapa no banco e disse que o lugar estava ocupado. A mesa seguinte estava cheia de meninos mais novos, mas, quando Elwood colocou a bandeja ali, olharam para ele como se fosse louco.

— Os meninos maiores não podem sentar com os menores — disse um deles.

Elwood sentou rápido no próximo lugar vago que encontrou e, para evitar reclamações, não olhou nos olhos de ninguém, apenas comeu. Tinham colocado bastante canela no mingau de aveia para disfarçar o gosto horroroso. Elwood devorou aquilo. Já tinha terminado de descascar sua laranja quando enfim olhou para o menino do outro lado da mesa, que estava encarando ele.

A primeira coisa que Elwood notou foi o talho na orelha esquerda do garoto, como se fosse um gato que tivesse brigado na rua.

— Você comeu o mingau como se tivesse sido preparado pela sua mãe — disse ele.

Quem era aquele cara, falando da mãe dele assim?

— O quê?

— Não foi isso que eu quis dizer. Eu falei que nunca tinha visto alguém comer a comida daqui desse jeito. Como se estivesse gostando.

A segunda coisa que Elwood percebeu foi a estranha imagem que o garoto tinha de si mesmo. O refeitório estava tomado pelo tumulto e pelo burburinho da atividade juvenil, mas aquele menino ficava no próprio bolsão de tranquilidade. Ao longo do tempo, Elwood percebeu que ele sempre se sentia em casa, independente de onde estivesse, e que, ao mesmo tempo, ele não deveria estar lá; dentro e acima ao mesmo tempo, parte de tudo e à parte de tudo. Como um tronco que cai sobre um riacho — aquele não era o seu lugar e, por outro lado, ele jamais deixou de estar ali, gerando as próprias ondulações na correnteza.

Ele disse que o seu nome era Turner.

— Eu sou Elwood. De Tallahassee. Frenchtown.

— *Frenchtown*. — Um menino que estava por perto imitou a voz de Elwood, com um trejeito feminino, e os amigos dele riram.

Era um grupo de três. Ele tinha visto o maior na noite anterior, o menino que parecia velho demais para estar no Nickel. O nome do *gigante* era Griff; além da aparência mais madura, ele tinha um peitoral amplo e andava curvado, como um grande urso. O pai de Griff, diziam, estava preso no Alabama por ter matado a mãe dele, o que tornava a sua maldade um traço genético. Os dois amigos de Griff tinham o tamanho de Elwood, magérrimos, mas com olhos selvagens e cruéis. O rosto largo de buldogue de Lonnie ia afunilando como um míssil no escalpo calvo. Ele conseguiu deixar crescer um bigodinho cheio de falhas e tinha o hábito de alisá-lo com o polegar e o indicador enquanto calculava brutalidades. O último membro do trio era Mike Preto, um menino de Opelousas que batalhava continuamente contra o seu jeito inquieto; naquela manhã, ele ficou balançando na cadeira e sentado sobre as mãos para evitar que elas saíssem voando. Os três eram donos da outra ponta da mesa — as cadeiras entre os dois grupos estavam vazias porque todos os outros meninos sabiam que não deviam sentar ali.

— Não sei para que tanto escândalo, Griff — disse Turner. — Você sabia que estavam de olho em você esta semana.

Elwood presumiu que ele estava falando dos responsáveis pelos dormitórios; havia oito deles espalhados pelas mesas, comendo com o grupo de crianças do Cleveland. Era impossível que um tivesse ouvido, mas o que estava mais perto deles olhou na direção dos garotos, o que fez todo mundo agir de maneira casual. Griff, o briguento, latiu para Turner, e os outros dois riram, já que o barulho dos cachorros era parte de uma piada interna. O menino da cabeça raspada, Lonnie, piscou para Elwood e depois todos voltaram para a reunião da manhã.

— Eu sou de Houston — falou Turner. Ele parecia entediado. — Aquilo que é cidade. Nada dessa merda de interior em que vocês vivem aqui.

— Obrigado — respondeu Elwood. Ele inclinou a cabeça na direção dos valentões.

O garoto pegou a bandeja.

— Eu não fiz merda nenhuma.

De repente, todo mundo estava de pé: hora da aula. Desmond deu um tapinha no ombro de Elwood, que o acompanhou. A escola para os negros ficava colina abaixo, perto da garagem e do depósito.

— Antes eu detestava a escola — disse Desmond. — Mas aqui dá para tirar uma soneca.

— Achei que eles eram rigorosos — observou Elwood.

— Lá em casa, meu pai me enchia de porrada se eu faltasse na escola. Já no Nickel...

Desmond explicou que o desempenho acadêmico não tinha qualquer influência no progresso do aluno rumo à graduação. Os professores não faziam chamada nem davam notas. Os meninos espertos se esforçavam para ganhar pontos. Com pontos suficientes, você conseguia sair antes por bom comportamento. Trabalho, comportamento, mostras de submissão e docilidade — essas eram as coisas que contavam para o seu progresso, e Desmond jamais deixava de prestar atenção a elas. Ele precisava voltar para casa. Era de Gainesville, onde o pai era dono de quiosque de engraxate. Desmond tinha saído de casa tantas vezes, fazendo escândalo, que o pai implorou para o Nickel levar o garoto.

— Eu dormia tanto ao ar livre que ele achou que assim eu ia aprender a dar valor a um teto sobre a minha cabeça.

Elwood perguntou a ele se estava funcionando.

Desmond virou para o outro lado.

— Cara, eu tenho que virar Pioneiro. — disse ele. A voz de adulto saindo do seu corpo magricela tornava aquele desejo tocante.

A escola dos negros era mais antiga do que os dormitórios, uma das poucas estruturas que remontava à inauguração do reformatório. Havia duas salas de aula no andar de cima para os joões, e duas no térreo para os meninos mais velhos. Desmond levou Elwood para a sala deles, abarrotada com umas cinquenta carteiras. Elwood passou se esgueirando para a segunda fileira e ficou chocado. Os cartazes nas paredes mostravam corujas de óculos piando o alfabeto ao lado de substantivos simples desenhados com cores brilhantes: casa, gato, celeiro. Piores do que os livros didáticos da Lincoln, os do Nickel eram de uma época em que ele nem tinha nascido, edições mais antigas de livros que Elwood se lembrava de ter usado no primeiro ano.

O professor, o sr. Goodall, apareceu, mas ninguém deu atenção a ele. Goodall era um sujeito de pele rosada de 60 e poucos anos, com óculos de armação grossa de tartaruga, terno de linho e uma juba branca que lhe dava um ar erudito. Sua conduta acadêmica logo evaporou. Elwood foi o único a se desanimar com os esforços distraídos e sem brilho do professor; os outros meninos passaram a manhã fazendo palhaçadas e brincadeiras. Griff estava jogando truco com os amigos no fundo da sala, e, quando Elwood olhou para Turner, o garoto estava lendo um gibi amassado do Superman. Turner viu Elwood, deu de ombros, e virou a página. Desmond estava apagado, o pescoço torto num ângulo doloroso.

Elwood, que fazia todas as contas do sr. Marconi de cabeça, encarou a aula de matemática como uma ofensa. Ele devia estar frequentando a faculdade — afinal, era por isso que tinha entrado naquele carro. Ele compartilhava uma cartilha com o menino ao lado, um garoto gordo que arrotava o café da manhã em rajadas poderosas, e eles começaram a fazer um jogo idiota de cabo de guerra. A maioria dos internos do Nickel não sabia ler. Os alunos iam recitando os trechos da história daquela manhã — uma bobagem sobre uma lebre trabalhadora —, e o sr. Goodall nem se dava ao trabalho de corrigir ou ensinar a pronúncia correta. Elwood esculpia cada sílaba com tal precisão que os garotos ao redor deixaram de lado as divagações, curiosos para saber que tipo de menino negro falava daquele jeito.

Ele se aproximou de Goodall quando o sino do almoço tocou e o professor fingiu que o reconheceu:

— Olá, meu filho, como posso ajudar? — Outro menino negro, eles iam e vinham. De perto, as bochechas rosadas e o nariz de Goodall eram irregulares e esburacados. O suor, acentuado pela garrafa da noite anterior, era um vapor adocicado.

Elwood evitou transmitir a indignação que sentia no tom de voz ao perguntar se o Nickel tinha aulas avançadas, para alunos que pretendiam fazer o ensino superior. Ele já tinha aprendido aquelas coisas anos antes, ele explicou humildemente.

Goodall foi amistoso.

— Claro! Vou falar com o diretor sobre isso. Como é mesmo o seu nome?

Elwood alcançou Desmond no meio do caminho para o Cleveland. Ele contou ao colega sobre a conversa com o professor.

— E você acreditou? — perguntou.

Depois do almoço, na hora da aula de arte e artesanato, Blakeley chamou Elwood num canto. Queria que o menino trabalhasse numa equipe de jardinagem junto com alguns Desbravadores. Ele iria se juntar aos outros quando já estivessem no meio do turno, mas trabalhar com a terra é um bom jeito de avaliar o terreno, por assim dizer.

— Veja você mesmo — disse Blakeley.

Naquela primeira tarde, Elwood e outros cinco garotos — a maioria joões — andaram pela metade negra do campus com foices e ancinhos. O líder era um menino tranquilo chamado Jaimie, que tinha o corpo alto e magro, subnutrido, o que era comum entre os alunos do Nickel. Ele vivia indo para lá e para cá no reformatório — a mãe era mexicana e, por isso, não sabiam o que fazer com ele. Quando chegou, ele foi colocado com os meninos brancos, mas, no primeiro dia trabalhando no pomar de limões, sua pele ficou tão escura que Spencer precisou transferi-lo para a metade negra da escola. Jaimie passou um mês no Cleveland, mas, quando o diretor Hardee fez uma inspeção, viu aquele rosto claro entre os rostos escuros e mandou-o de volta para os dormitórios dos brancos. Spencer esperou um pouco e fez o menino voltar para os negros poucas semanas depois.

— Eu fico indo e vindo — disse Jaimie, enquanto colocava folhas de pinheiro num monte. Ele tinha o sorriso caído dos que têm dentes frágeis. — Um dia vão se decidir, acho.

Elwood fez sua excursão enquanto eles abriam caminho colina acima, passando por entre os outros dois dormitórios dos negros, pelas quadras de basquete de saibro vermelho e pelo grande prédio da lavanderia. Olhando para baixo, a maior parte do campus branco era visível em meio às árvores: os três dormitórios, o hospital e os prédios administrativos. O responsável pelo reformatório, o diretor Hardee, trabalhava no prédio vermelho com a bandeira americana. Havia as grandes instalações que tanto os meninos negros quanto os brancos usavam em horários diferentes, como o ginásio, a capela e a oficina de carpintaria. Vista de cima, a escola dos brancos era idêntica à dos negros. Elwood ficou pensando se estaria mais bem-conservada, como as escolas de Tallahassee, ou se o Nickel dava a mesma educação precária para todos os seus internos independente da cor da pele deles.

Quando chegaram ao topo da colina, os meninos da equipe de jardinagem deram a volta. Do outro lado ficava o cemitério, a Cidade dos Pés Juntos. Um muro baixo de pedras irregulares cercava as cruzes brancas, as ervas daninhas cinzentas e as árvores curvadas e tremulantes. Eles mantiveram distância.

Se você pegasse a estrada que passava para o outro lado da colina, explicou Jaimie, acabaria chegando à gráfica, ao primeiro grupo de fazendas e depois ao pântano que demarcava a fronteira norte da propriedade.

— Mais cedo ou mais tarde, você vai colher batatas, não se preocupe — disse a Elwood.

Grupos de alunos andavam pelas trilhas e estradas para cumprir suas tarefas enquanto os supervisores nos seus carros estatais cruzavam a propriedade, observando. Elwood ficou espantado ao ver um menino negro, de 13 ou 14 anos, dirigindo um velho trator que puxava um trailer de madeira cheio de estudantes. O motorista parecia sonolento e sereno no seu grande assento, levando os internos para a fazenda.

Quando os outros garotos corrigiam a postura e paravam de falar, era sinal de que Spencer estava por perto.

Na metade do caminho entre o campus dos negros e o dos brancos, havia um prédio de um único andar, baixo e estreito, que Elwood imaginou ser um almoxarifado. Manchas de ferrugem que pareciam vinhas cobriam as paredes de concreto, mas a moldura verde em torno das janelas e da porta da frente era nova e brilhante. A parede maior tinha uma janela grande e três menores perto dela, como se fossem patinhos.

Um trecho de grama alta, de uns trinta centímetros de largura, cercava o prédio, intocado e selvagem.

— É para cortar ali também? — perguntou Elwood.

Os dois garotos perto dele chuparam os dentes.

— Crioulo, só vá naquela direção se te forçarem — disse um deles.

Elwood passou o tempo que restava antes da janta na sala de recreação do Cleveland. Explorou os armários, onde ficavam as cartas, os jogos e as aranhas. Os alunos brigavam para saber quem seria o próximo no pingue-pongue, batiam com as raquetes na rede murcha e xingavam quando alguém mandava a bolinha para longe, o barulho das raquetadas nas bolas brancas semelhante ao da pulsação irregular de uma tarde de adolescência. Elwood checou as parcas opções disponíveis nas prateleiras de livros, os Hardy Boys e os gibis. Havia volumes embolorados sobre ciências naturais com imagens espaciais e fotos do fundo do mar. Ele abriu um tabuleiro de xadrez de papelão. Só havia três peças dentro: uma torre e dois peões.

Os outros alunos circulavam, saindo ou chegando do trabalho ou de atividades esportivas, subindo para as camas, indo rumo aos seus recessos privados de travessuras. O sr. Blakeley parou no meio do caminho e apresentou Elwood para um dos funcionários negros, Carter. Ele era mais novo do que Blakeley, e sua conduta era um enigma. Carter deu um aceno rápido e ambíguo e se virou para mandar um menino parar de chupar o dedo.

Metade dos funcionários do Cleveland era negra e metade branca.

— Não tem como saber se vão fazer vista grossa ou se vão pegar no seu pé — disse Desmond. — Não importa a cor da pele deles. — O menino deitou num dos sofás, a cabeça sobre uma página de quadrinhos para evitar contato com uma das manchas anti-higiênicas do estofado. — A maioria é bacana, mas tem uns que parece que têm um cachorro brabo dentro. — Desmond apontou para o representante de classe, cuja função era anotar infrações e presenças em sala de aula. Naquela semana o representante era um menino de pele clara com cabelos cacheados dourados chamado Birdy. Ele andava com os pés virados para fora. Birdy patrulhava o térreo com prancheta e lápis, que eram suas ferramentas profissionais, murmurando músicas, feliz. — Esse aí te dedura num instante. Mas arranje um representante bacana e você consegue uns bons pontos para virar Pioneiro ou Explorador.

Uma buzina aérea soou ao sul, colinas abaixo. Não tinha como saber o que era aquilo. Elwood subiu num caixote de madeira que se quebrou. Onde esse lugar devia ser encaixado no plano de vida dele? Havia rachaduras de tinta no teto, e as janelas cheias de fuligem davam um ar nublado a qualquer hora do dia. Ele estava pensando no discurso do reverendo King em Washington, D.C., quando ele falou sobre a degradação das leis Jim Crow e da necessidade de transformar essa degradação em ação. *Vai enriquecer o seu espírito como nada mais fará. Vai lhe dar um raro senso de nobreza que só pode nascer do amor e da ajuda altruísta ao seu companheiro. Faça da humanidade uma carreira. Faça dela a parte central da sua vida.*

Não tenho como sair daqui, mas vou fazer o melhor que puder com isso, e vou tentar sair rápido, pensou Elwood. Todo mundo lá de onde ele vinha sabia que Elwood era equilibrado e confiável. Em breve, o Nickel também ficaria sabendo. No jantar, ele ia perguntar a Desmond de quantos pontos precisava para deixar de ser Desbravador, quanto tempo a maioria das pessoas levava para progredir e se formar. Depois faria isso na metade do tempo. Esta seria sua resistência.

Em seguida, pegou três jogos de xadrez, montou um conjunto completo de peças, e ganhou duas partidas.

Mais tarde, não conseguiu achar uma resposta quando se perguntou por que foi tentar apartar a briga no banheiro. Era uma coisa que o avô dele podia ter feito, numa das histórias da Harriet: o homem não ficava parado se visse algo errado.

Ele nunca tinha visto Corey, o menino mais novo que estava sendo alvo dos valentões. Os valentões ele tinha conhecido na mesa do café da manhã: Lonnie, com a cara de buldogue, e seu parceiro maníaco, Mike Preto. Elwood entrou no banheiro do térreo para urinar, e os meninos maiores estavam prensando Corey na parede de azulejos rachados. Talvez tenha sido porque Elwood não tinha nenhum juízo, como os meninos de Frenchtown haviam dito. Talvez porque os dois eram maiores, e o outro era menor. O advogado convencera o juiz a deixar que Elwood passasse os últimos dias de liberdade em casa; não havia ninguém para levá-lo para o Nickel naquele dia e, além disso, a cadeia de Tallahassee estava superlotada. Quem sabe se tivesse passado algum tempo no caldeirão da cadeia, Elwood descobrisse que era melhor não interferir na violência alheia, independente do que estivesse por trás do incidente.

— Ei — disse Elwood, dando um passo à frente.

Mike Preto deu meia-volta, socou o queixo dele e o jogou de costas na pia.

Outro menino, um joão, abriu a porta do banheiro e gritou:

— Puta merda!

Phil, um dos funcionários brancos, estava fazendo a ronda. Ele tinha um jeito sonolento e, em geral, fingia não ver o que estava a um palmo do nariz. Muito cedo na vida ele decidiu que esse era o jeito mais fácil. Uma questão de sorte, como Desmond descrevera o sistema de justiça do Nickel.

— O que estão aprontando aí, seus crioulos? — falou Phil. O tom de voz dele era leve, mais de curiosidade do que qualquer outra coisa. Interpretar a cena não era parte do trabalho dele. De quem era a culpa, quem começou, por quê. O trabalho dele era manter os garotos negros sob controle, e hoje as responsabilidades dele não estavam fora de seu alcance. Ele sabia os nomes dos outros. E perguntou o nome do garoto novo. — O sr. Spencer vai cuidar disso — disse Phil. E mandou os meninos se aprontarem para a janta.

CAPÍTULO SEIS

Os hematomas nos meninos brancos eram diferentes dos que surgiam na pele dos meninos negros. Os brancos chamavam o lugar de Fábrica de Sorvete porque você saía de lá com machucados de todas as cores. Os meninos negros chamavam de Casa Branca porque esse era o nome oficial e fazia sentido e não tinha necessidade de ficar enfeitando nada. A Casa Branca aplicava a lei e todo mundo obedecia.

Eles vieram a uma hora da manhã, mas acordaram pouca gente, porque era difícil dormir quando você sabe que eles estão vindo, mesmo que não seja você a pessoa que estejam vindo buscar. Os garotos ouviram os carros passando pelas pedrinhas lá fora, as portas abrindo, os passos nos degraus. Ouvir era como ver em pinceladas brilhantes na tela da mente. A luz das lanternas dançou. Eles sabiam onde ficavam as camas — entre uma cama e outra havia apenas sessenta centímetros, e depois de ocasiões em que pegaram os meninos errados, agora se certificavam com antecedência. Pegaram Lonnie e Mike Preto, pegaram Corey, e pegaram Elwood também.

Os visitantes noturnos eram Spencer e um funcionário chamado Earl, que era grande e rápido, o que foi útil quando um dos meninos teve uma crise nervosa num dos quartos dos fundos e precisou ser contido para que eles pudessem ir em frente. Os carros estatais eram Chevys marrons, os mesmos que vagavam pelo terreno o dia todo em tarefas simples, mas que, à noite, se tornavam prenúncios. Spencer levava Lonnie e Mike Preto, e Earl conduzia Elwood e Corey, que não parou de chorar a noite inteira.

Ninguém falou com Elwood durante a janta, como se o que estava para acontecer fosse contagioso. Alguns meninos murmuravam quando ele passava — *idiota* — e os valentões olhavam com raiva para ele, mas, acima de tudo, havia uma atmosfera pesada de ameaça e desconforto no dormitório que só acabou quando levaram os meninos. O restante dos garotos relaxou e alguns conseguiram até sonhar.

Quando apagaram as luzes, Desmond sussurrou para Elwood que, depois que começasse, era melhor não se mexer. A correia era cortante, e ia machucar e talhar se você não parasse quieto. No carro, Corey ficou recitando um encantamento, "Eu vou me segurar e não vou me mexer, eu vou me segurar e não vou me mexer", então talvez fosse verdade. Elwood não perguntou quantas vezes Desmond já tinha passado por aquilo, porque o menino parou de falar depois do conselho.

A Casa Branca tinha sido usada anteriormente como um galpão de trabalho. Eles estacionaram atrás do prédio, e Spencer e o funcionário levaram os garotos pela porta dos fundos. A entrada da surra, como os meninos chamavam. Ao passar pela estrada em frente, você jamais olhava duas vezes. Spencer logo encontrou a chave no molho enorme e abriu os dois cadeados. O fedor era intenso — urina e outras coisas que haviam penetrado no concreto. Uma única lâmpada nua zumbia na entrada. Spencer e Earl levaram as crianças para além das duas celas chegando à frente do prédio, onde havia uma linha de cadeiras aparafusadas umas às outras e uma mesa à espera.

Bem ali ficava a porta da frente. Elwood pensou em correr. Não correu. Aquele lugar era o motivo pelo qual o reformatório não tinha muro, nem cerca, nem arame farpado, o motivo pelo qual era tão raro alguém fugir — era o muro que os mantinha do lado de dentro.

Spencer e Earl pegaram Mike Preto primeiro.

— Achei que a última vez tinha resolvido — disse Spencer.

— Ele vai se mijar de novo — falou Earl.

O estrondo começou: um vendaval contínuo. A cadeira de Elwood vibrava. Ele não conseguia descobrir o que era aquilo — uma espécie de máquina —, mas o barulho era alto o suficiente para cobrir os gritos de Mike Preto e a pancada da correia no corpo dele. Depois de um tempo, Elwood começou a contar, pensando que se soubesse quanto os outros meninos levaram, saberia quanto ia levar. A não ser que houvesse um sistema superior que definisse quanto cada garoto devia apanhar: reincidente, instigador, observador. Ninguém perguntou a Elwood a sua versão dos fatos, de que ele estava tentando apartar a briga — mas pode ser que ele apanhasse menos por tentar interferir. Ele contou até 28 antes de a surra acabar e eles arrastarem Mike Preto para fora, para um dos carros.

Corey continuou a soluçar, e, quando Spencer voltou, mandou que ele calasse a porra da boca. Os adultos levaram Lonnie para a vez dele. Lonnie teve que aguentar cerca de sessenta pancadas. Era impossível entender o que Spencer e Earl diziam para ele lá atrás, mas Lonnie precisou de mais instruções ou repreensões do que seu parceiro.

Levaram Corey para a vez dele, e Elwood percebeu que havia uma Bíblia na mesa.

Corey levou cerca de setenta lambadas — Elwood perdeu a conta algumas vezes — e aquilo não fazia o menor sentido. Por que os provocadores apanharam menos do que a vítima? Agora ele não tinha a menor ideia do que esperar. Não fazia sentido. Talvez eles também tivessem perdido a conta. Talvez a violência não tivesse nenhum sistema e ninguém, nem quem batia, nem quem apanhava, soubesse o que acontecia e por quê.

Então chegou a vez de Elwood. As duas celas ficavam uma de frente à outra, separadas pelo corredor de entrada. A sala do espancamento tinha um colchão ensanguentado sobre uma cama e um travesseiro nu coberto apenas pelas manchas sobrepostas de todas as bocas que o morderam. Além disso, havia o gigantesco ventilador industrial que era a fonte do estrondo, o som que viajava pelo campus inteiro, mais longe do que a física permitiria. Seu lar original era a lavanderia — no verão, aquelas velhas máquinas criavam um novo inferno —, mas, depois de uma das reformas periódicas em que o estado criou novas regras sobre castigos corporais, alguém teve a brilhante ideia de trazê-lo para cá. Respingos nas paredes nos pontos em que o ventilador açoitou sangue com as suas rajadas. A acústica tinha algo esquisito porque o ventilador encobria os gritos dos garotos, mas, bem ao lado dele, você ouvia perfeitamente as instruções dos funcionários: *Segura na grade e não solta. Dê um pio e você leva mais. Cala a porra dessa boca, crioulo.*

A correia tinha um metro de extensão com um cabo de madeira e era chamada de Beldade Negra desde antes de Spencer, embora aquela que ele estivesse segurando não fosse a original: era necessário fazer reparos ou substituí-la de tempos em tempos. O couro estalava no teto antes de descer nas suas pernas, para avisar que estava vindo, e as molas do colchão rangiam a cada pancada. Elwood se segurou na grade e mordeu o travesseiro, mas desmaiou antes de terem terminado. Foi por isso que, quando perguntavam quantas vezes deram nele, ele não sabia dizer.

CAPÍTULO SETE

Era raro Harriet ter a chance de se despedir adequadamente dos seus entes queridos.

O pai morreu na cadeia depois de ter sido acusado por uma branca da cidade de não sair do caminho dela na calçada. *Contato presunçoso*, como definia a lei da era Jim Crow. Era assim naqueles tempos. Ele estava esperando para falar com o juiz quando foi encontrado enforcado na cela. Ninguém acreditou na história da polícia.

— Os pretos e a cadeia — disse o tio dela —, os pretos e a cadeia.

Dois dias antes, Harriet tinha acenado para o pai do outro lado da rua quando voltava da escola. Essa foi a última imagem que guardou dele: o homem grande e alegre, caminhando para o seu segundo emprego.

O marido de Harriet, Monty, tinha levado uma cadeirada na cabeça enquanto apartava uma briga no Miss Simone's. Um grupo de soldados negros do campo Gordon Johnston num tumulto com um bando de branquelos de Tallahassee para ver quem tinha direito à próxima partida na mesa de sinuca. Dois acabaram mortos. Um deles era o seu Monty, que interviera para proteger um dos lavadores de pratos do Simone's de três homens brancos. O menino até hoje escrevia cartas para Harriet todo Natal. Era taxista em Orlando e tinha três filhos.

Ela disse adeus à filha, Evelyn, e ao genro, Percy, na noite em que os dois partiram. A despedida de Percy estava preparada havia anos, mas Harriet não previu que ele fosse levar Evelyn. Percy tinha ficado grande demais para a cidade desde que voltara da guerra. Servira no Pacífico, atrás das linhas, trabalhando com provisões.

E voltara malvado. Não pelo que tinha visto no exterior, mas pelo que viu quando voltou. Adorava o exército e chegou a receber uma comenda por uma carta que escreveu ao seu capitão sobre iniquidades no tratamento dos soldados negros. Talvez a vida dele tivesse sido diferente se o governo americano tivesse permitido aos negros os mesmos avanços que se tornaram possíveis no exército. Mas uma coisa era dar permissão para alguém matar no seu nome e outra era dar permissão para essa pessoa ser sua vizinha. O recruta Bill era ótimo para consertar as coisas para os garotos brancos com quem servia, mas o uniforme tinha significados diferentes dependendo de quem o vestia. Que sentido fazia um empréstimo sem juros se o banco dos brancos nem deixava você pisar lá dentro? Percy foi de carro até Milledgeville para visitar um amigo do seu batalhão e uns branquelos começaram a provocá-lo. Ele tinha parado para colocar gasolina numa dessas cidadezinhas. Mal saiu do carro — todo mundo sabia que havia garotos brancos linchando negros de uniforme, mas ele nunca acreditou que fosse ser um alvo. Não ele. Bando de garotos brancos invejosos por não terem conseguido um uniforme e com medo de um mundo que deixava um negro usar um.

Evelyn se casara com ele. Ela sempre teve esse desejo, desde que os dois eram pequenos. A chegada de Elwood não mudou em nada a selvageria de Percy: o uísque barato e as noites nos bailões, a malandragem que ele levou para dentro da casa dela na Brevard Street. Evelyn nunca foi muito forte: quando Percy estava por perto, ela se reduzia a um apêndice dele, um braço ou uma perna extra. Ou uma boca: foi ele que mandou Evelyn dizer a Harriet que os dois estavam indo tentar a sorte na Califórnia.

— Que tipo de gente vai embora para a Califórnia no meio da noite? — perguntou Harriet.

— Tenho que ir encontrar uma pessoa para conversar sobre uma oportunidade — respondeu Percy.

Harriet achou que eles deviam ao menos acordar o menino.

— Deixa ele dormir — disse Evelyn, e essa foi a última coisa que a mulher ouviu deles. Se a filha tinha jeito para ser mãe, nunca demonstrou. O olhar no rosto dela quanto o bebê Elwood sugava o peito, triste, vazio, encarando além das paredes da casa, encarando o nada, dava arrepios em Harriet sempre que ela lembrava.

O dia em que o funcionário do tribunal veio pegar Elwood foi a pior despedida. Fazia tanto tempo que a vida era só eles dois. Harriet falou que ela e o sr. Marconi iam se certificar de que o advogado continuasse trabalhando no caso. O sr. Andrews, de Atlanta, uma espécie de cruzado branco que fora ao norte para se formar em direito e que voltou mudado. Harriet nunca vira o sujeito ir embora sem comer alguma coisa. Ele tinha um jeito extravagante de elogiar o bolo de frutas dela e de manter o otimismo com as perspectivas de Elwood.

Eles iam achar um caminho para sair daquele labirinto de espinhos, disse ela para o neto, e prometeu que ia visitá-lo no primeiro domingo dele no Nickel. Mas quando chegou lá, disseram que o menino estava doente e não podia receber visitas.

Ela perguntou qual era o problema dele.

— Como é que eu vou saber, minha senhora? — respondeu o funcionário do reformatório.

Havia uma calça jeans nova na cadeira ao lado da cama de Elwood no hospital. A surra tinha encrustado partes da calça antiga na pele dele, e o médico levou duas horas para conseguir retirar as fibras do tecido. Era o tipo de serviço que o médico precisava fazer de tempos em tempos. Pinças resolviam. O garoto ficava no hospital até conseguir andar sem dor.

O dr. Cooke tinha uma sala ao lado dos consultórios, onde fumava e discutia com a mulher pelo telefone o dia inteiro, brigando por causa de dinheiro ou por causa da família inútil dela. A fumaça do charuto impregnava a ala com um cheiro que parecia de batata, encobrindo o odor de suor e vômito, e se dissipava ao nascer do sol, quando ele chegava e perfumava de novo o lugar. Havia um armarinho de vidro cheio de garrafas e caixinhas de remédios que ele destrancava com grande seriedade, mas sempre acabava pegando a mesma coisa, o frasco grande de aspirina.

Elwood passou o tempo todo deitado de bruços. Por motivos óbvios. O hospital induziu seu corpo aos ritmos certos. A enfermeira Wilma andava resmungando na maior parte do tempo, vigorosa e brusca, batendo gavetas e armários. Ela mantinha o cabelo de um vermelho alcaçuz e realçava as bochechas com ruge, o que, para Elwood, a fazia parecer uma boneca assombrada trazida a uma forma hedionda de vida, algo saído dos seus gibis de terror, lidos à luz da janela no sótão do primo. Quadrinhos de horror, ele percebeu, usavam duas formas de castigo — aquele que era completamente imerecido e uma justiça sinistra para os maus. Ele colocou seu azar atual na primeira categoria e ficou à espera da virada de página.

A enfermeira Wilma era quase gentil com os meninos brancos que chegavam com seus machucados e suas dores, uma segunda mãe. Mas não tinha nenhuma palavra simpática para os meninos negros. A comadre de Elwood era uma afronta particular — ela olhava para aquilo como se ele tivesse mijado nas mãos dela em concha. Mais de uma vez, nos seus sonhos de protesto, era dela o rosto da garçonete atrás do balcão que se recusava a servi-lo, a dona de casa com a boca cheia de baba que o xingava. O fato de ele sonhar com um momento em que estava fora do hospital e andando mantinha seu ânimo pela manhã, quando ele acordava na enfermaria. Sua mente ainda podia viajar.

Naquele primeiro dia, havia apenas outro menino no hospital, a cama oculta atrás de um biombo no extremo da enfermaria. Quando a enfermeira Wilma ou o dr. Cooke iam atendê-lo, fechavam a cortina, que rangia ao correr pela porcelana branca. O paciente nunca falava quando o pessoal do hospital se dirigia a ele, mas as vozes dos funcionários tinham uma alegria que estava ausente quando falavam com os outros garotos. Ou o menino era um caso terminal, ou um membro da realeza. Nenhum dos estudantes que ficaram na enfermaria sabia quem ele era nem por que tinha ido parar ali.

Os pacientes mudavam toda hora. Elwood conheceu alguns meninos brancos que, se não fosse por aquele tempo na enfermaria, não conheceria. Garotos sob custódia do Estado, órfãos, fugitivos que saíam às pressas de casa para escapar de mães que recebiam homens em troca de dinheiro ou de pais bêbados que entravam no quarto deles no meio da noite. Alguns eram durões. Roubavam, xingavam professores, vandalizavam patrimônio público, tinham histórias sobre brigas sangrentas em bares de sinuca e tios que vendiam bebida contrabandeada. Eles eram mandados para o Nickel por infrações de que Elwood jamais tinha ouvido falar: se fingir de doente, vadiagem, incorrigibilidade. Palavras que os próprios meninos também não entendiam, mas que diferença fazia quando o significado delas era claro: Nickel. *Me pegaram por dormir numa garagem para não passar frio, roubei cinco dólares do meu professor, uma noite tomei um frasco inteiro de xarope para tosse e fiquei doidão. Eu estava na minha, tentando me virar.*

— Caramba, eles te pegaram pra valer — dizia o dr. Cooke toda vez que os curativos de Elwood eram trocados. Elwood não queria olhar, mas era obrigado. Ele viu de relance a parte interna das coxas, para onde os talhos em carne viva da parte de trás das pernas pendiam como dedos macabros. O dr. Cooke deu uma aspirina a ele e se retirou para a sua sala. Cinco minutos depois, estava discutindo com a mulher por causa de um primo preguiçoso que precisava de dinheiro emprestado para um esquema.

Um menino que ficava fungando despertou Elwood no meio da noite e ele ficou horas acordado, a pele queimando e se contorcendo debaixo das bandagens.

Quando estava havia uma semana no hospital, Elwood abriu os olhos e viu Turner na cama em frente. Assobiando o tema do *The Andy Griffith Show*, alegre e tranquilo. Ele assobiava bem e, no tempo em que os dois foram amigos, a música dele funcionou como uma trilha sonora, captando o clima da aventura ou servindo como um comentário que remediava as coisas.

Turner esperou a enfermeira Wilma sair para fumar e explicou a sua visita.

— Pensei em tirar umas férias — disse ele. Turner tinha comido um pouco de sabão em pó para ficar doente, uma hora de dor de barriga em troca de um dia ou dois de folga. Ele sabia como fazer aquilo acontecer. — Trouxe mais um pouco de sabão escondido na meia.

Elwood se virou para pensar em silêncio.

— O que você acha desse cara? — perguntou Turner mais tarde. O dr. Cooke tinha acabado de medir a temperatura de um menino branco da enfermaria que estava todo inchado e gemia que nem uma vaca. O telefone tocou, o médico jogou duas aspirinas na palma da mão do garoto e foi para a sua sala.

Turner foi até Elwood. Ele estava rolando pela enfermaria numa das antigas cadeiras de rodas para portadores de pólio.

— Se você chegar aqui com a cabeça decepada, ele vai te dar uma aspirina — falou Turner.

Elwood não queria rir, pois parecia que isso era uma traição à sua dor, mas não conseguiu evitar. Os testículos estavam inchados por causa do lugar onde a correia batia na parte de trás das pernas, e a risada repuxou algo lá dentro e fez doer de novo.

— Neguinho entra aqui — disse Turner —, cabeça decepada, as duas pernas, os dois braços cortados fora, e a porra do médico ia perguntar: "Quer uma aspirina ou duas?" — Ele girou as rodas da cadeira e se afastou irritado.

Não tinha nada para ler exceto o *The Gator*, o jornal do Nickel, e um panfleto comemorativo do quinquagésimo aniversário do reformatório, ambos impressos do outro lado do campus pelos próprios internos. Todos os garotos de todas as fotos estavam sorrindo, mas, mesmo tendo passado tão pouco tempo lá, Elwood já reconhecia uma espécie de falta de vida nos olhos deles que era típica do lugar. Ele suspeitava que também tinha aquela expressão, agora que a sua matrícula estava completa. Virando devagar de lado, apoiado em um cotovelo, leu o panfleto algumas vezes.

O governo abriu a escola em 1899 como Escola Industrial da Flórida para Garotos. "Um reformatório onde o jovem infrator da lei, isolado de más companhias, pode receber treinamento físico, intelectual e moral, ser redimido e voltar à comunidade com os objetivos e o caráter adequados a um bom cidadão, um homem honrado e honesto com um ofício ou uma profissão qualificada de onde possa tirar o sustento." No folheto, os garotos eram chamados de alunos, em vez de internos, para diferenciá-los dos infratores violentos que povoavam as penitenciárias. Todos os infratores violentos que havia no Nickel, acrescentou Elwood, eram funcionários.

Quando o reformatório abriu, recebia infratores desde os 5 anos de idade, um fato que levou Elwood a um lamento quando tentou dormir: todos aqueles meninos indefesos. Os primeiros quatrocentos hectares foram doados pelo Estado; ao longo dos anos, moradores da cidade generosamente doaram mais 160. O Nickel fazia por merecer o que tinha. A construção da gráfica foi um verdadeiro sucesso, de qualquer ponto de vista. "Apenas em 1926, a gráfica gerou um lucro de 250 mil dólares, além de iniciar os alunos em um ofício útil a que podem se dedicar depois de sua formatura." A máquina de fabricação de tijolos produzia 20 mil unidades por dia; sua produção foi usada em construções que se espalhavam por todo o Jackson County, tanto grandes quanto pequenas. O festival luminoso natalino da escola, desenhado e executado pelos alunos, atraía visitantes de uma área de vários quilômetros. Todo ano o jornal enviava um repórter.

Em 1949, o ano da publicação do panfleto, a escola foi renomeada em homenagem a Trevor Nickel, um homem que havia assumido o reformatório poucos anos antes. Os garotos diziam que era porque a vida deles não valia um níquel, mas não era o caso. De vez em quando, você passava pelo retrato de Trevor Nickel no saguão de entrada e ele franzia a testa como se soubesse no que você estava pensando. Ou melhor, como se soubesse que você sabia o que ele estava pensando.

Da vez seguinte que um dos Desbravadores veio do Cleveland, Elwood pediu ao menino para trazer livros para ele, e o menino levou. Despejou uma pilha de livros detonados de ciências naturais que, por sorte, serviram como um curso em forças ancestrais: colisões tectônicas, cadeias montanhosas subindo até ao céu, bombardeios vulcânicos. Todo o violento tumulto que ocorre lá embaixo e que produz o mundo aqui em cima. Eram livros grandes com figuras exuberantes, vermelhas e laranjas, em contraste com o nebuloso branco--que-virou-cinza da enfermaria.

No segundo dia de Turner na enfermaria, Elwood viu que ele estava tirando da meia um pedaço de papelão dobrado. Turner engoliu o conteúdo e, uma hora depois, estava gritando. O dr. Cooke veio e ele vomitou nos sapatos do sujeito.

— Eu avisei para não comer a comida! — disse o dr. Cooke. — O que servem aqui vai te fazer mal.

— Mas o que eu vou comer então, sr. Cooke?

O médico piscou.

— Isso não dá dor no estômago? — perguntou Elwood quando Turner terminou de limpar o vômito.

— Claro que dá — falou Turner. — Mas não estou com vontade de trabalhar hoje. Essas camas são cheias de calombos, mas dá para tirar uma bela soneca, se você descobrir como deitar.

O garoto secreto atrás do biombo deu um suspiro pesado, e Elwood e Turner saltaram. Em geral, ele não fazia esse tipo de ruído e você se esquecia de que ele estava ali.

— Ei — disse Elwood. — Você!

— *Psst!* — falou Turner.

Não havia nenhum som, nem mesmo o farfalhar de um cobertor.

— Vai lá ver — disse Elwood. Alguma coisa estava acontecendo. Ele já se sentia melhor. — Veja quem é. Pergunte qual é o problema dele.

Turner olhou para Elwood como se ele fosse doido.

— Eu não vou perguntar coisa nenhuma para ninguém.

— Tá com medo? — disse Elwood que nem os meninos da rua dele, do jeito como os amigos se provocavam lá de onde ele vinha.

— Caramba — falou Turner —, eu sei lá. Vai que você dá uma olhada e precisa trocar de lugar com ele. Tipo numa história de fantasma.

Naquela noite, a enfermeira Wilma ficou até mais tarde, lendo para o garoto atrás do biombo. A Bíblia, um hino, soava como soam as pessoas quando Deus está nas suas bocas.

As camas estavam ocupadas e depois não estavam. Um lote ruim de pêssego em lata deixou a enfermaria cheia. Não tinha camas suficientes, então eles dormiam com as cabeças nos pés uns dos outros, soltando gases e murmúrios. As camas passavam de um para o outro. Desbravadores, Exploradores e os esforçados Pioneiros. Machucados, contaminados, fingindo e com dor. Mordidas de aranha, tornozelos torcidos, a ponta de um dedo perdida numa máquina de carregamento. Uma visita à Casa Branca. Sabendo que ele tinha ido lá, os outros meninos já não o mantinham à distância. Agora, ele era um deles.

Elwood enjoou de ver a sua calça nova jogada ali na cadeira. Dobrou a calça e a enfiou debaixo do colchão.

O rádio grande na sala do dr. Cooke tocava o dia inteiro, competindo com o ruído da oficina da metalurgia ao lado — serras elétricas, aço contra aço. O médico achava que o rádio era terapêutico; a enfermeira Wilma não via motivo para mimar aqueles meninos. *Don McNeill's Breakfast Club*, pastores e seriados, as radionovelas que a avó de Elwood ouvia. Os problemas dos brancos nos programas de rádio antes eram algo remoto, que parecia pertencer a outro país. Agora, eles eram um passaporte de volta para Frenchtown.

Elwood não escutava *Amos 'n' Andy* fazia anos. A avó desligava o rádio quando o programa começava, com seu carrossel de trapalhadas e desventuras humilhantes. "Os brancos gostam disso, mas a gente não precisa ouvir." Harriet ficou feliz quando leu no *Defender* que o programa tinha saído do ar. Uma emissora perto do Nickel passava episódios antigos, transmissões mal-assombradas. Ninguém tocava no botão de sintonia quando as reprises começavam e todo mundo ria de Amos e das excentricidades de Kingfish, tanto os meninos negros quanto os brancos.

De vez em quando, uma das emissoras tocava o tema do *The Andy Griffith Show*, e Turner acompanhava assobiando.

— Você não fica preocupado de descobrirem que você está fingindo? — indagou Elwood. — Assobiando feliz assim?

— Eu não estou fingindo. Aquele sabão em pó é horrível — disse Turner. — Mas sou eu que escolho, em vez de outra pessoa.

Era um jeito tolo de ver a situação, mas Elwood não disse nada. Agora ele estava com o tema do programa na cabeça e queria murmurar ou assobiar, mas não quis parecer que estava imitando o garoto. A canção era um pedacinho minúsculo e tranquilo dos Estados Unidos destacado do resto. Sem mangueiras de incêndio, sem necessidade da Guarda Nacional. Elwood percebeu que jamais tinha visto um negro na pequena cidade de Mayberry, onde o programa se passava.

Um sujeito no rádio anunciou que Sonny Liston ia lutar contra um jovem promissor chamado Cassius Clay.

— Quem é esse? — disse Elwood.

— Um crioulo prestes a ser nocauteado — respondeu Turner.

Certa tarde, Elwood estava meio adormecido quando um barulho o deixou paralisado — chaves como sinos ao vento. Spencer estava na enfermaria para falar com o médico. Elwood ficou à espera do som da correia de couro arranhando o teto antes de descer... Depois o superintendente foi embora e o som do rádio voltou a dominar o ambiente. O suor dele empapou os lençóis.

— Eles fazem isso com todo mundo? — perguntou Elwood a Turner depois do almoço. A enfermeira Wilma tinha distribuído sanduíches de presunto e um suco de uva aguado, primeiro para os meninos brancos.

Elwood fez a pergunta do nada, mas Turner sabia do que ele estava falando. O garoto foi rolando na sua cadeira de pólio, o almoço no colo.

— Não como fizeram com você — disse ele. — Não tão feio assim. Eu mesmo nunca fui lá. Uma vez levei um tapa na cara por fumar.

— Eu tenho um advogado — falou Elwood. — Ele pode fazer alguma coisa.

— Você já deu sorte.

— Como assim?

Turner terminou o suco com um sorvo ruidoso.

— Às vezes, levam alguém para a Casa Branca e ninguém mais vê o sujeito.

A enfermaria estava silenciosa exceto por eles e pela serra no cômodo ao lado, que gemia sem parar. Elwood não queria saber, mas perguntou mesmo assim.

— A sua família pergunta para a escola o que aconteceu e eles dizem que você fugiu — disse Turner. Ele verificou se os garotos brancos não estavam olhando. — O problema, Elwood, é que você não sabia como a coisa funciona. O Corey e aqueles dois caras, por exemplo. Você quis dar uma de Zorro, sair correndo e salvar um pretinho. Mas eles têm essa história faz tempo. Olha só, aqueles três fazem isso o tempo todo. O Corey gosta. Eles se fazem de durões, depois ele leva os dois para uma cabine do banheiro ou sei lá onde e fica de joelhos. É assim que eles fazem.

— Eu vi a cara dele, o menino estava com medo — disse Elwood.

— Você não sabe do que ele gosta. Não tem como saber do que as pessoas gostam. Antes, eu pensava que lá fora era lá fora e que depois que você entra aqui, você está aqui. Que todo mundo no Nickel era diferente por causa do que esse lugar faz com você. O Spencer e os outros... pode ser que lá fora, no mundo livre, eles sejam boas pessoas. Sorridentes.

Que tratem bem os filhos. — A boca dele arqueou para cima, como se o menino estivesse chupando um dente podre. — Mas agora que eu saí e me trouxeram de volta, sei que não tem nada aqui dentro que mude as pessoas. Aqui dentro e lá fora são a mesma coisa, mas aqui dentro as pessoas podem parar de fingir.

Ele estava falando em círculos, voltando sempre a apontar para si mesmo.

— É contra a lei — disse Elwood. A lei do estado, mas também a lei dele. Se todo mundo fizesse vista grossa, todo mundo era cúmplice. Se ele fizesse vista grossa, ia ser tão culpado quanto os outros. Era assim que pensava, como sempre tinha visto as coisas.

Turner não falou nada.

— Não é assim que tem que ser — disse Elwood.

— Ninguém dá a mínima para como as coisas deveriam ser. Se você denunciar o Mike Preto e o Lonnie, vai estar denunciando todo mundo que deixa isso acontecer. Vai estar dedurando todo mundo.

— É exatamente isso que estou falando. — Elwood contou a Turner sobre a avó e o advogado dela, o sr. Andrews. Eles podiam falar que o Spencer e o Earl estavam fazendo maldade. O professor dele, o sr. Hill, era um ativista. Marchou em vários lugares e não voltou para a escola Lincoln depois do verão porque estava ocupado organizando protestos. Elwood escreveu para ele contando que fora preso, mas não tinha certeza se ele ia receber a carta. O sr. Hill conhecia gente que ia querer saber de um lugar como o Nickel, depois de ouvir falar da sua existência. — Não é como antigamente — disse Elwood. — A gente pode se defender.

— Essa história não funciona direito nem lá fora... o que acha que vai acontecer aqui dentro?

— Você diz isso porque não tem ninguém lá fora para defender você.

— Verdade — afirmou Turner. — Mas isso não quer dizer que eu não entenda como funciona. Pode ser que, depois disso, eu veja as coisas melhor. — Ele deu uma careta quando o sabão em pó começou a fazer efeito. — O segredo para sobreviver aqui dentro é o mesmo para sobreviver lá fora: você precisa ver como as pessoas agem, e depois entender como contornar todo mundo, como se fosse uma corrida de obstáculos. Se você quer dar o fora daqui.

— Se formar.

— Dar o fora daqui — corrigiu Turner. — Você acha que consegue isso? Olhar e pensar? Não tem ninguém que vá tirar você daqui, só você mesmo.

O dr. Cooke mandou Turner embora na manhã seguinte com duas aspirinas e repetindo a receita de não comer nada. Elwood ficou sozinho na enfermaria. O biombo que ficava em volta do menino sem nome estava no canto, fechado. A cama estava vazia. Ele tinha desaparecido em algum momento da noite sem acordar ninguém.

Elwood pretendia seguir o conselho de Turner, e estava falando sério, mas isso foi antes de ele ver as próprias pernas. Aquilo o deixou devastado por um momento.

Ele passou mais cinco dias no hospital, depois voltou para junto dos outros garotos do Nickel. Escola e trabalho. Ele era um deles agora, em muitos sentidos, o que incluía sua adesão ao silêncio. Quando a avó foi visitar, Elwood não podia contar o que viu quando o dr. Cooke retirou os curativos e ele andou pelas lajotas brancas até o banheiro. Olhou para si mesmo na hora e soube que ela não ia suportar, além da vergonha que o próprio menino sentia de ter deixado aquilo acontecer. Ele estava tão distante dela quanto os outros membros da família que desapareceram e estava sentado bem na frente dela. No dia de visitas, ele disse que estava bem, mas triste, que era difícil, mas que ele estava aguentando, quando o que ele queria mesmo dizer era: *Olha o que eles fizeram comigo, vó, olha o que eles fizeram comigo.*

CAPÍTULO OITO

Quando saiu, Elwood voltou para a equipe de jardinagem. Jaimie, o garoto latino, tinha sido jogado de volta para o lado dos brancos e havia outro menino no comando. Mais de uma vez Elwood se viu usando a foice com violência demais, como se estivesse atacando a grama com uma correia de couro. Ele parava e dizia para o seu coração desacelerar. Dez dias depois, Jaimie voltou para o grupo dos meninos negros — Spencer o viu entre os brancos —, mas ele não ligou.

— Minha vida é assim mesmo, um pingue-pongue.

As aulas de Elwood não iam ficar melhores. Ele precisava aceitar isso. Tocou no braço do sr. Goodall fora da escola e o professor não o reconheceu. Goodall repetiu a promessa de encontrar tarefas mais desafiadoras, porém, a essa altura, Elwood já tinha entendido o recado do professor e não voltou a perguntar. Numa tarde no fim de novembro, o garoto foi mandado com uma equipe para limpar o porão da escola, e encontrou uma coleção de livros clássicos britânicos debaixo de umas caixas de calendários de 1954. Trollope e Dickens e nomes desse calibre. Elwood leu os livros um a um durante as aulas enquanto os meninos em volta gaguejavam e tropeçavam. Ele pretendia estudar literatura inglesa na faculdade. Agora tinha que aprender sozinho. Teria que ser suficiente.

Punir por insubordinação era um princípio central no modo como Harriet interpretava o mundo. No hospital, Elwood ficou pensando se a crueldade da surra que levou tinha algo a ver com o pedido para ter aulas mais difíceis: *Toma isso, seu crioulo insolente.* Agora, estava pensando numa nova teoria: não havia sistema algum por trás da brutalidade do Nickel, apenas um rancor indiscriminado, que não tinha nada a ver com as pessoas. Uma invenção da feira de ciências da escola veio à cabeça dele: uma Máquina de Infelicidade Perpétua, que operava por conta própria sem a necessidade de interferência humana. Além disso, Arquimedes, uma das primeiras descobertas dele na enciclopédia. A violência é a única alavanca grande o suficiente para mover o mundo.

Ele investigou, mas não conseguiu uma resposta clara de como se formar antes. Desmond, o cientista do demérito e do crédito, não ajudou.

— Para começar, você ganha méritos toda semana se fizer o que esperam que faça. Mas se o responsável pelo seu dormitório confundir você com alguém ou se estiver de perseguição com você, aí ferrou. Quanto aos deméritos, nunca dá para saber.

A escala de deméritos variava de um dormitório para o outro. Fumar, brigar, perpetuar um estado de desmazelamento — a pena dependia do lugar para onde mandavam você e do que dava na veneta dos funcionários. Blasfemar custava cem deméritos no Cleveland — Blakeley era do tipo temente a Deus —, mas só cinquenta no Roosevelt. Masturbação custava duzentos pontos no Lincoln, mas se você fosse pego masturbando outra pessoa, só cem.

— Só cem?

— O Lincoln é assim — disse Desmond, como se estivesse explicando uma terra estrangeira, cheia de seres místicos e duques.

Elwood percebeu que Blakeley gostava de beber. O sujeito ficava a meio mastro até o meio-dia. Será que aquilo significava que não se podia confiar nos relatos dele? Mesmo se Elwood evitasse qualquer tipo de confusão e fizesse tudo certinho, de quanto tempo precisaria para subir do nível mais baixo para o mais alto, de Desbravador a Ás?

— Se tudo sair perfeitamente como eu planejo?

— É tarde demais para ser perfeito se você já foi para a Casa Branca — respondeu Desmond.

O problema era que, mesmo se você evitasse encrenca, a encrenca podia pegá-lo ainda assim. Outro aluno podia farejar um ponto fraco e começar alguma bagunça. Ou um funcionário podia não gostar do jeito que você sorria e tirar o sorriso a tapas da sua cara. Você pode esbarrar num espinheiro de azar igual ao que fez você parar aqui. Elwood decidiu: até junho, ele ia ter subido a escala de méritos para sair daquele buraco, quatro meses antes do prazo dado pelo juiz. Era um consolo — o menino estava acostumado a medir o tempo de acordo com o calendário escolar, portanto se formar em junho transformava seu período no Nickel em um ano perdido. A essa altura no próximo outono, ele estaria de volta à Lincoln High School para cursar o último ano do ensino médio, e, com o aval do sr. Hill, estaria de novo inscrito na Melvin Griggs. Eles gastaram o dinheiro da faculdade com o advogado, mas, se Elwood trabalhasse no verão seguinte, seria possível recuperar.

Ele tinha um prazo, agora precisava de um plano de ação. Sentiu-se podre naqueles primeiros dias fora do hospital até bolar um esquema que combinava o conselho de Turner com o que tinha aprendido com os seus heróis do movimento. Observe, pense e planeje. Que o mundo seja uma turba — Elwood vai andar no meio dela. Podem xingar, e cuspir, e bater nele, mas Elwood ia chegar ao outro lado. Ferido e cansado, mas chegaria.

Ele esperou, mas Lonnie e Mike Preto não se vingaram. Exceto por um incidente em que Griff deu uma trombada nele com o quadril e fez Elwood rolar escada abaixo, eles o ignoraram. Corey, o garoto que Elwood tentou defender, piscou uma vez para ele. Todo mundo tinha deixado aquilo para trás e estava se preparando para o próximo revés no Nickel, aquele que estava fora do controle deles.

Numa quarta-feira depois do café da manhã, Carter mandou Elwood ao depósito para um novo trabalho. Turner estava lá, junto com um rapaz branco, um tipo esguio com uma postura desleixada e uma camada gordurosa de cabelo louro. Elwood já tinha visto o menino por ali, fumando na sombra de vários prédios. O nome dele era Harper e, de acordo com os registros dos funcionários, trabalhava com serviço comunitário. Harper olhou para Elwood e disse:

— Serve.

O supervisor fechou a grande porta de correr do depósito, trancou, e eles subiram no assento dianteiro de um furgão cinza. Ao contrário dos outros veículos da escola, esse não tinha o nome do Nickel pintado.

Elwood se sentou no meio.

— Lá vamos nós — disse Turner. Ele baixou a janela. — O Harper perguntou quem eu achava que devia substituir o Smitty, e eu falei que você seria uma boa. Eu disse para ele que você não é um desses idiotas que andam por aí.

Smitty era um menino mais velho do dormitório Roosevelt ao lado. Ele tinha chegado a Ás e se formado na semana anterior, embora Elwood achasse que *se formar* fosse um jeito estúpido de falar daquilo. Era óbvio que o garoto não sabia ler uma palavra.

— O Turner falou que você sabe ficar de boca fechada, o que é uma exigência — disse Harper. Logo depois, eles saíram do terreno da escola.

Desde o hospital, Elwood e Turner se encontravam na maior parte dos dias, matando tempo na sala de recreação do Cleveland jogando damas e pingue-pongue com Desmond e outros meninos mais tranquilos. Era comum Turner entrar num cômodo como se estivesse procurando alguma coisa, aí começar a falar bobagem e esquecer por que tinha ido até ali. Ele jogava xadrez melhor do que Elwood, contava piadas melhor do que Desmond, e, ao contrário de Jaimie, tinha um cronograma mais consistente. Elwood sabia que Turner fora designado para o serviço comunitário, mas ficou desconfiado quando o garoto quis saber mais.

— É pegar as coisas e ter certeza que elas cheguem onde têm que chegar.

— Isso não explica p-p-porra nenhuma — disse Jaimie. O menino não era de xingar muito, e a gagueira ocasional diminuía o efeito, mas de todos os vícios disponíveis no Nickel, ele adotou a linguagem de baixo calão por ser um dos menos assustadores.

— É serviço comunitário — disse Elwood.

O sentido imediato de serviço comunitário foi permitir a Elwood fingir que jamais tivesse pegado carona para a faculdade — por umas horas, ele ficou fora do Nickel. A primeira incursão no mundo livre desde a sua chegada. Mundo livre era uma gíria das penitenciárias, mas que migrara para o reformatório por fazer sentido, transmitida por um garoto que a ouviu de um pai ou tio azarado, ou por um funcionário da escola que revelou como realmente se sentia em relação aos meninos sob a sua responsabilidade, apesar do vocabulário escolar que o Nickel gostava de usar.

O ar entrava fresco nos pulmões de Elwood, e tudo do lado de fora da janela o ofuscava, renovado. "Esta ou esta?", o oftalmologista perguntava nas consultas, uma escolha entre duas lentes diferentes. Elwood jamais deixava de se maravilhar com o fato de poder andar por aí e se acostumar a ver apenas uma fração do mundo. Sem saber que via apenas um naco da coisa real. *Esta ou esta?* Definitivamente *esta*, tudo que o furgão deixava para trás, a súbita majestade de tudo, até mesmo os barracos mais simples e as casas tristes de concreto, as latas-velhas meio encobertas pelo mato num jardim qualquer. Ele viu uma placa enferrujada de um anúncio de refrigerante e ficou com uma sede que nunca sentira na vida.

Harper notou a mudança na postura de Elwood.

— Esse aqui gosta de sair — disse o supervisor, e ele e Turner riram. Ele ligou o rádio. Elvis cantava. Harper batia o ritmo no volante.

O temperamento de Harper não era como o da maioria dos funcionários do Nickel. "Bacana para um branco", na avaliação de Turner. Ele praticamente crescera no terreno da escola, criado pela tia, uma secretária no prédio da administração. Passara inúmeras tardes na escola como mascote dos alunos brancos e começara a fazer trabalhos ocasionais quando já tinha idade para isso. Ele pintava a rena na decoração anual de Natal desde o ano em que conseguira segurar um pincel. Agora, estava com 20 anos e trabalhava em tempo integral.

— Minha tia diz que sou fácil de lidar — disse ele aos meninos num dia de trabalho enquanto ficavam à toa do lado de fora de uma loja. — Acho que sou mesmo. Cresci no meio de vocês, brancos e pretos, e sei que todo mundo é igual, mas vocês deram azar.

Eles fizeram quatro paradas em Eleanor antes de chegar à casa do chefe dos bombeiros. A primeira tinha sido no RESTAURANTE D   JOHN — um contorno enferrujado atestava a existência de uma letra que havia caído. Eles estacionaram num beco, e Elwood deu uma olhada na carga do furgão: caixas de papelão e caixotes de madeira com coisas da despensa do Nickel. Latas de ervilhas, pêssegos industrializados, compotas de maçã, feijão, molho. Uma seleção do que o governo da Flórida tinha mandado naquela semana.

Harper acendeu um cigarro e colocou o ouvido no rádio: era dia de jogo. Turner passou caixas de vagem e sacos de cebolas para Elwood antes de entrarem pela porta dos fundos da cozinha do restaurante.

— Não esqueçam o melaço — disse Harper.

Quando acabaram, o dono apareceu — um sujeito branco e gordo com um avental que era um palimpsesto de manchas escuras — e deu um tapinha nas costas de Harper. Ele entregou um envelope para o rapaz e perguntou da família.

— Você conhece a tia Lucille — falou Harper. — Devia estar de repouso, mas não para quieta por nada neste mundo.

As duas paradas seguintes também foram em restaurantes — um quiosque de espetinhos e um restaurante do tipo "coma o quanto quiser" na divisa do distrito — e depois eles deixaram uma carga de vegetais em lata no mercadinho Top Shop. Harper dobrava cada envelope de dinheiro em dois, passava um elástico em volta, e jogava no porta-luvas antes do próximo destino.

Turner deixou que o trabalho falasse por si. Harper queria ter certeza de que Elwood se sentia à vontade com a nova tarefa.

— Você não parece surpreso — disse o rapaz branco.

— Isso precisa ir para algum lugar — respondeu Elwood.

— É assim que as coisas são feitas. Spencer me diz onde ir e dá uma parte para o diretor Hardee. — Harper ficou mexendo na sintonia atrás de mais rock and roll: Elvis apareceu de novo. Ele estava em toda parte. — Antigamente, era pior, pelo que a minha tia conta. Mas o governo passou a controlar mais e, agora, a gente não vende as coisas do campus sul. — O que significava que só vendiam os suprimentos dos alunos negros. — Antes, tinha um sujeito bacana que administrava o Nickel, o Roberts, que venderia o ar que você respira, se pudesse. Aquele era um crápula!

— Melhor que limpar banheiro — disse Turner. — E melhor que cortar grama, acho.

Era bom sair, e Elwood disse isso. Nos meses que se seguiram, ele visitou todos os cantos de Eleanor, enquanto o grupo fazia as entregas. Ele pôde conhecer a parte dos fundos da curta rua principal, já que Harper estacionava nas entradas de serviço. Às vezes, entregavam cadernos e lápis, às vezes, remédios e curativos, mas, na maior parte, era comida. Perus do Dia de Ação de Graças e presuntos de Natal desapareciam nas mãos de cozinheiros, e o diretor-assistente de uma escola fundamental abriu uma caixa de borrachas e contou uma a uma. Antes, Elwood se perguntou por que os meninos não tinham pasta de dente — agora sabia. Eles estacionavam atrás de uma farmácia Fisher's Drugs e telefonavam para o médico local, que deslizava até a janela do motorista com um ar furtivo. De vez em quando, paravam em uma casa verde de três andares numa rua sem saída, e Harper recebia um pagamento de um sujeito bem-vestido, usando colete, que parecia um vereador. O funcionário do Nickel não conhecia a história do sujeito, mas falava que o homem tinha boas maneiras, notas novinhas e gostava de conversar sobre esportes.

Esta ou esta? Toda vez que Elwood saía do terreno do reformatório, as novas lentes apareciam, e tudo que elas permitiam ver.

No primeiro dia, quando a parte de trás do furgão ficou vazia, Elwood presumiu que eles iam voltar para o Nickel, mas partiram para uma rua limpa, calma, que lembrava as partes mais bonitas de Tallahassee, a parte branca. Estacionaram em uma casa grande e clara que flutuava sobre um mar de verde ondulante. Uma bandeira americana tremulava num mastro anexo ao telhado. Eles saíram, e uma nova olhada revelou uma lona que escondia material para pintura.

— Sra. Davis — disse Harper, inclinando a cabeça.

Uma mulher branca com um penteado bolo de noiva acenou da varanda.

— Ah, que bom — disse ela.

Elwood não olhou para os olhos dela enquanto a mulher os guiava até o quintal, onde um caramanchão cinza um pouco acabado estava empoleirado à beira de carvalhos.

— É esse? — perguntou Harper.

— Meu avô construiu quarenta anos atrás — informou a sra. Davis. — O Conrad me pediu em casamento aqui. — Ela usava um vestido amarelo com estampa *pied de poule* e óculos escuros como os de Jackie Kennedy. Ela viu um inseto verde no ombro, deu um peteleco nele e sorriu.

Uma nova pintura cairia bem. A sra. Davis entregou uma vassoura a Harper, que a entregou a Elwood, e Elwood varreu o chão enquanto Turner pegava a tinta.

— Vocês são tão gentis de ajudar a gente com isso — disse a sra. Davis antes de voltar para a casa.

— Eu volto lá pelas três — falou Harper. E aí foi embora também.

Turner explicou que Harper tinha uma namorada em Maple. O marido trabalhava numa das fábricas e demorava a voltar para casa.

— A gente vai pintar? — disse Elwood.

— É.

— Ele vai deixar a gente aqui?

— Isso. O sr. Davis é chefe dos bombeiros. Ele chama muito a gente para fazer coisas pequenas. O Smitty e eu pintamos todos os quartos do andar de cima. — Ele apontou para as janelas no telhado como se Elwood pudesse apreciar o trabalho dele. — Todos os caras do conselho da escola, todos eles mandam a gente fazer coisas. Às vezes, é uma bobagem, mas prefiro estar aqui fora do que fazer qualquer trabalho na escola.

Elwood também. Era uma tarde úmida de novembro e saboreou os sons dos insetos e pássaros no mundo livre. Os cantos de acasalamento e de alerta logo foram acompanhados pelo assobio de Turner — Chuck Berry, se Elwood não estivesse enganado. A marca da tinta era Dixie, a cor era Branco Dixie.

Da última vez que tinha pintado alguma coisa, Elwood deu uma demão de tinta na casinha da sra. Lamont, um serviço pelo qual a avó emprestou o menino por dez centavos. Turner riu e contou para Elwood que, no passado, a escola mandava equipes de meninos para Eleanor o tempo todo para trabalhar para os figurões. Segundo o Harper, às vezes eram favores, como essa pintura, mas muitas vezes o serviço era pago, e a escola ficava com o dinheiro para "manutenção"; o mesmo acontecia com o dinheiro da colheita, dos impressos da gráfica e dos tijolos. Antes, a coisa era ainda pior.

— Quando você se formava, não voltava para a sua família, ficava de condicional e eles basicamente vendiam o seu trabalho para o pessoal da cidade. Trabalhando igual um escravo, vivendo num porão, esse tipo de coisa. Te batiam, chutavam, davam merda para você comer.

— Comida ruim que nem a que a gente come hoje?

— Nada. Bem pior — informou ele. Você tinha que trabalhar para quitar a dívida. Só depois é que deixavam você ir embora.

— Que dívida?

Turner ficou perplexo.

— Nunca pensei nisso. — Ele segurou o braço de Elwood. — Não tem por que ser tão rápido. Esse trabalho pode durar três dias, se a gente fizer tudo direitinho. A sra. Davis traz limonada.

Quando dois copos de limonada apareceram numa bandeja de bronze, eles estavam excelentes.

Os meninos terminaram as grades e a gelosia das paredes. Elwood sacudiu uma lata nova de Branco Dixie, abriu e mexeu. Ele tinha contado para Turner como foi pego e enviado para o Nickel — "Cara, que azar" —, mas Turner nunca falou da sua vida pregressa. Era a segunda passagem dele pelo reformatório depois de quase um ano fora. Talvez perguntar como ele foi pego fosse uma porta de entrada.

A ressaca do mar do Nickel carregava tudo, e o passado do amigo podia vir junto com a história.

Turner sentou ao ouvir a pergunta de Elwood.

— Sabe o que é um arrumador de pinos?

— De uma pista de boliche — disse Elwood.

— Eu trabalhava como arrumador de pinos numa pista de boliche em Tampa, a Holiday. Na maior parte dos lugares, tem uma máquina para fazer isso agora, mas o sr. Garfield mantinha o sistema antigo. Ele gostava de ver os moleques se agachando na pista como se fossem sair correndo. Ou que nem cachorro quando vai sair para caçar. Não era um emprego ruim. Pegar os pinos depois de cada arremesso e ajeitar para a próxima jogada. O sr. Garfield era amigo dos Everett, onde eu morava. O governo pagava para os Everett acolherem garotos. Não era muita grana. Sempre tinha um monte de menino sem rumo por lá, indo e voltando.

"Como falei, era um emprego bom. Quinta era a noite dos negros, e todo mundo ia, gente de todo lugar, as várias associações de jogadores de boliche negros, e era bacana, mas, na maioria das vezes, era aquela caipirada besta de Tampa. Tinha uns ruins, outros menos ruins, os brancos. Eu era bem rápido e achava fácil sorrir enquanto trabalhava, estar em outro lugar na minha cabeça enquanto fazia algo, e os clientes gostavam de mim, me davam gorjetas. Cheguei a conhecer uns clientes assíduos. Não tipo conhecer de verdade, mas a gente se via semana sim, semana não. Então, comecei a brincar com eles — se fosse um cara que eu conhecia, podia fazer uma piada quando ele errava, ou fazer cara de palhaço quando a bola caía na canaleta ou os pinos ficavam de um jeito difícil. Isso virou o meu jeito, brincar com os fregueses, e eu gostava das gorjetas.

"Tinha esse cara mais velho na cozinha, o nome dele era Lou. Um desses sujeitos que você sabe que já viu coisa pesada. Ele não falava muito com a gente, com os arrumadores de pinos, só grelhava os hambúrgueres. Como não era de falar muito, a gente não conversava. Uma noite, estou no meu intervalo e saio para fumar atrás da churrasqueira. E ele está lá. De avental, todo engordurado. Era uma noite quente. E ele me olha de cima para baixo e diz: 'Já vi você lá dentro, neguinho, fazendo o teu showzinho. Por que fica lá todo cheio de graça, dançando para esses brancos? Não tem ninguém para te ensinar um pouco de amor próprio, não?'

"Tem mais dois arrumadores de pinos lá fora, e eles escutam isso, e falam: 'Cacete.' Eu fico puto, pronto para dar um soco no velho. Ele não me conhece, porra. Não sabe nada sobre mim. Olho para ele, e ele não se mexe, fica lá fumando o cigarrinho que enrolou, e sabe que eu não vou fazer nada. Porque, no fundo, ele tem razão.

"Na minha próxima escala, sei lá, comecei a fazer as coisas diferente. Em vez de brincar com os jogadores, fui cruel. Quando a bola ia para canaleta ou alguém pisava na linha, minha expressão não era de amigo. Vi nos olhos deles quando notaram que o jogo tinha mudado. Pode ser que antes a gente fingisse estar do mesmo lado e que era tudo igual, mas depois não mais.

"Fim da noite, eu estava provocando um branquelo de merda o jogo inteiro. Um caipira grandalhão. É a vez dele, e ele precisa acertar o pino 4 e o 6. Eu disse: 'Ele não é péssimo?' que nem o Pernalonga, e o cara ficou puto. Saiu correndo pela pista. Ele correndo atrás de mim pelo salão, eu pulando de uma pista para a outra, atrapalhando todo mundo, desviando de bolas, e aí finalmente os amigos dele seguram o cara. Eles vão lá direto, não querem causar problema para o sr. Garfield. Eles me conheciam, ou achavam isso até eu começar a não agir direito, e pegam o amigo, esfriam a cabeça dele e vão embora."

Turner sorriu enquanto contava a história. Até a parte final. Aí, ele fechou as pálpebras até quase encostar, olhando para o piso do caramanchão como se estivesse vendo algo minúsculo.

— Esse foi o fim, na verdade — disse ele, coçando o ouvido. — Na outra semana, vi o carro do cara no estacionamento e joguei um pedaço de concreto na janela, e a polícia me pegou.

Harper atrasou uma hora, mas eles não iam reclamar. Tempo livre no Nickel de um lado, tempo trabalhando no mundo livre de outro — era um cálculo fácil.

— A gente vai precisar de uma escada — disse Elwood para Harper quando ele apareceu.

— Claro — respondeu Harper.

A sra. Davis acenou da varanda enquanto eles saíam.

— Como vai a moça, Harper? — perguntou Turner.

Harper colocou a camisa para dentro da calça.

— Bem quando você acha que vai relaxar, elas começam a falar de uma coisa completamente diferente que estava na cabeça delas desde a última vez que vocês se viram.

— Sei como é — disse Turner. Ele pegou um cigarro de Harper e acendeu.

Elwood absorvia tudo que via no mundo livre para montar de novo na sua cabeça mais tarde. A aparência, o cheiro e outras coisas também. Dois dias depois, Harper disse que ele estaria permanentemente no serviço comunitário. Os brancos sempre tinham percebido seu jeito trabalhador. O ânimo dele melhorou com a notícia. Toda vez que voltavam para o Nickel, ele escrevia os detalhes num caderno de redação. A data. O nome do indivíduo e do estabelecimento. Alguns nomes ele precisou de um tempo para preencher, mas Elwood sempre foi do tipo paciente e minucioso.

CAPÍTULO NOVE

Os meninos torciam pelo Griff apesar de ele ser um filho da mãe que assediava os outros, abrindo à força os pontos fracos deles e inventando pontos fracos quando não encontrava nenhum, como chamar você de "cambaio de merda" mesmo se as suas pernas fossem absolutamente retas. Ele passava rasteira nos meninos e ria quando caíam de bunda e dava tapas neles quando tinha como sair impune. Pregava peças neles, arrastando-os para salas escuras. O garoto cheirava a cavalo e tirava sarro das mães dos outros, o que era particularmente baixo, tendo em vista que a maioria dos estudantes nem tinha mãe. Roubava as sobremesas deles em diversas ocasiões, tirando-as das bandejas com um sorriso. Mesmo que as sobremesas não fossem lá grande coisa, era o princípio. Os meninos torciam por Griff porque ele ia representar a metade negra do Nickel na luta anual de boxe, e não importava o que ele fizesse o restante do ano, no dia da luta, ele era todos eles num só corpo negro que ia nocautear aquele garoto branco.

Até lá, se o Griff ficasse puto e brigasse com todo mundo, beleza.

Os meninos negros mantinham o título do Nickel fazia quinze anos. Os funcionários mais velhos se lembravam do último campeão branco e ainda falavam dele; outras coisas dos velhos tempos eles discutiam com menor frequência. Terry "Doc" Burns era um garoto com um punho de aço de um canto bolorento do distrito de Suwannee que foi enviado para o Nickel por estrangular as galinhas dos vizinhos. Vinte e uma galinhas, para ser exato, porque "elas estavam atrás dele". A dor emanava do rapaz como a chuva flui de um telhado inclinado. Depois que Doc Burns voltou para o mundo livre, os meninos brancos que chegaram à final eram vacilões, tão hesitantes que, ao longo dos anos, as mentiras sobre o antigo campeão só foram ficando mais extravagantes: a natureza dotou Doc Burns de um alcance extraordinariamente longo, ele não se cansava, a lendária combinação de golpes dele derrubava qualquer um e chacoalhava as janelas. A verdade era que Doc Burns tinha apanhado de tanta gente e sido tão maltratado ao longo da vida — seja por parentes ou por desconhecidos — que, quando chegou no reformatório, qualquer punição era leve demais.

Era o primeiro ano de Griff no time de boxe. Ele chegara ao Nickel em fevereiro, logo depois de o antigo campeão, Axel Parks, se formar. Axel devia ter se formado antes, mas os funcionários do Roosevelt o mantiveram para que ele defendesse o título. Uma acusação de furto de maçãs da sala de jantar fez com que ele voltasse à patente de Desbravador, assegurando sua disponibilidade. O surgimento de Griff como o tipo mais malvado do campus o transformou no sucessor natural de Axel. Fora do ringue, o passatempo de Griff era aterrorizar os meninos mais fracos, os meninos que não tinham amigos, os chorões. Dentro, sua presa se aproximava para que ele não tivesse que perder tempo caçando-a. Como uma torradeira elétrica ou uma máquina de lavar automática, o boxe era uma conveniência moderna que tornava a vida mais simples.

O técnico dos negros era um sujeito do Mississippi chamado Max David, que trabalhava na garagem da escola. Ele recebia um adicional no fim do ano por compartilhar o que tinha aprendido na sua época de peso médio. Max David fez sua preleção para Griff no começo do verão.

— Minha primeira luta me deixou vesgo — disse ele — e a minha luta de despedida arrumou meus olhos de volta; então, acredite em mim quando digo que esse esporte vai acabar contigo para fazer de você um homem melhor, isso é fato.

Griff sorriu. O gigante pulverizou e desmoralizou os oponentes com uma cruel inexorabilidade ao longo do outono. Ele não era gracioso, não era um cientista. Era um poderoso instrumento de violência, e isso bastava.

Tendo em vista o período típico de permanência no Nickel — deixando de lado as sabotagens dos funcionários —, a maior parte dos alunos só participava de uma ou duas temporadas de boxe. À medida que o campeonato se aproximava, os Desbravadores precisavam ser instruídos sobre a importância das lutas de dezembro — as preliminares dentro dos dormitórios, a luta entre o cara do seu dormitório e os melhores lutadores dos outros dois, e depois o combate entre o melhor lutador negro e um idiota qualquer que os brancos mandariam para a final. O campeonato seria o único momento em que eles veriam justiça sendo feita naquele local.

O combate servia como uma espécie de magia apaziguadora, para fazer com que as humilhações do dia a dia pudessem ser suportadas. Trevor Nickel instituiu a competição em 1946, logo depois de assumir como diretor da Escola Industrial da Flórida para Garotos com a tarefa de reformá-la. Nickel nunca tinha dirigido uma escola antes; a experiência dele era com agricultura. No entanto, ele causava uma certa impressão nos encontros da Ku Klux Klan com seus discursos improvisados sobre desenvolvimento moral e o valor do trabalho e a disposição das almas jovens que precisavam ser cuidadas. As pessoas certas se lembraram da paixão dele quando aquela vaga surgiu. O primeiro Natal dele no reformatório deu ao distrito a chance de testemunhar as melhorias implantadas. Tudo que precisava de uma nova demão de tinta recebeu uma nova demão de tinta, as celas escuras receberam por um breve período um uso mais inocente, e os espancamentos foram realocados para a pequena edificação branca. Caso os cidadãos de bem de Eleanor tivessem visto o ventilador industrial, uma ou duas perguntas poderiam ter surgido, mas o galpão não fazia parte da visita guiada.

Havia muito tempo que Nickel era um defensor incondicional do boxe, e ele conduziu um grupo que fazia lobby pelo aumento da presença do esporte nas olimpíadas escolares. O boxe sempre foi popular no reformatório, já que todos os garotos tinham visto a sua cota de brigas, mas o novo diretor encarou a elevação do esporte como uma missão pessoal. O orçamento para atividades esportivas, que era alvo fácil dos dedos leves dos diretores, foi revisto para que fosse possível comprar equipamentos oficiais e aumentar o time de técnicos. Nickel tinha um interesse por boa forma física em geral. Acreditava no milagre de um espécime humano na sua melhor forma e, frequentemente, via os garotos no banho para monitorar o progresso da sua educação física.

— O diretor? — perguntou Elwood quando Turner contou a última parte.

— De onde você acha que o dr. Campbell aprendeu aquele truque? — respondeu Turner. Nickel era passado, mas o dr.

Campbell, o psicólogo da escola, era conhecido por andar à toa pelo vestiário dos meninos brancos para escolher seus namorados. — Esses velhos porcos são todos parte do mesmo time.

Naquela tarde, Elwood e Turner estavam à toa nas arquibancadas do ginásio. Griff treinava com Cherry, um mulato que encarava o boxe como uma questão pedagógica, para ensinar os outros a não falar sobre a sua mãe branca. Ele era ágil e rápido, e mesmo assim Griff o espancava.

Ver Griff dando socos era o passatempo predileto no Cleveland naquele início de dezembro. Os meninos dos dormitórios negros ficavam rondando por ali, assim como os olheiros dos brancos que vinham da parte de baixo da colina em busca de informações. Griff tinha sido dispensado do seu turno na cozinha desde o Dia do Trabalho para treinar. Era um espetáculo. Max mantinha o garoto numa dieta obscura composta de ovos crus e aveia, e guardava na geladeira um jarro que dizia conter sangue de bode. Quando o treinador administrava as doses, Griff engolia de forma teatral e espancava o saco de pancadas como vingança.

Turner tinha visto Axel durante a primeira passagem dele pelo Nickel. Axel era lento, mas resistente como uma antiga ponte de pedra; aguentava o que viesse para cima dele. Ao contrário de Griff, que era irritadiço, ele era gentil e protegia os meninos menores.

— Onde será que ele está agora? — indagou Turner.

— Aquele crioulo não tinha o menor juízo. Deve estar se complicando, provavelmente, seja lá onde estiver. — Uma tradição do Nickel.

Cherry vacilou e caiu de bunda. Griff cuspiu o protetor bucal e urrou. Mike Preto entrou no ringue e ergueu a mão de Griff como se fosse a tocha da Estátua da Liberdade.

— Você acha que ele vai conseguir nocautear o branco? — perguntou Elwood. O provável oponente era um menino chamado Big Chet, que vinha de um clã que morava no meio de um pântano.

— Olha só aqueles braços, cara — disse Turner. — Aquilo são dois pistões. Ou dois presuntos defumados.

Vendo Griff agitado e cheio de energia depois de uma luta, com dois joões desatando as luvas como se fossem empregados, era difícil imaginar como aquele gigante podia perder. E foi por isso que, dois dias depois, Turner tomou um susto ao ouvir Spencer mandar Griff cair.

Turner estava dormindo no sótão que servia como depósito, onde tinha feito um ninho entre as caixas de produtos de limpeza industriais. Nenhum funcionário incomodava Turner quando ele ia sozinho para o grande galpão, já que ele trabalhava com Harper, o que significava que o garoto tinha um refúgio. Nenhum supervisor, nenhum estudante — só ele, um travesseiro, um cobertor e o radinho de pilha do Harper. Turner passava algumas horas por semana lá. Era como na época em que perambulava pela cidade e não se importava se conhecia os outros e ninguém queria saber dele. O garoto tinha passado por alguns períodos assim, sem qualquer raiz e voando pela rua como se fosse um jornal velho. O sótão trazia memórias daquela época.

Ele acordou com a porta do galpão fechando. Depois surgiu a voz de asno de Griff:

— O que foi, sr. Spencer?

— Como estão indo os treinos, Griff? O bom e velho Max diz que você tem talento.

Turner franziu a testa. Toda vez que um branco pergunta sobre você é porque vai te foder logo em seguida. Griff era tão burro que não percebeu o que estava acontecendo. Na sala de aula, o menino encontrava dificuldade para somar dois mais três, como se não soubesse quantos dedos tinha na mão. Alguns moleques mais audaciosos riam dele e, na semana seguinte, Griff enfiava a cabeça deles, um a um, na privada.

A avaliação de Turner estava certa: Griff não entendia o motivo da reunião secreta. Spencer falou sobre a importância da luta, a tradição do combate de dezembro. Depois deu a dica: o bom comportamento desportivo manda que, às vezes, você deixe que o adversário ganhe. Ele tentou um eufemismo: é como quando um galho de árvore tem que ceder para não quebrar. Apelou para o fatalismo: às vezes, não dá certo, não importa o quanto você tente. Só que Griff era burro demais. *Sim, senhor... Acho que o senhor tem razão, sr. Spencer... Acho que é assim mesmo, senhor.* Por fim, o superintendente disse para Griff que ele precisava cair no terceiro assalto ou eles iam ter que levar ele lá atrás.

— Sim, senhor, sr. Spencer — respondeu Griff. Do sótão, Turner não conseguia ver o rosto do garoto, por isso ele não sabia se o outro tinha entendido. O menino tinha punhos de aço, mas o miolo era mole.

— Você sabe que consegue ganhar dele. Isso vai ter que bastar — disse Spencer, finalizando. Ele pigarreou. — Agora venha comigo — falou, como se estivesse pastoreando uma ovelha que tivesse se perdido. Turner ficou sozinho de novo.

— Que merda, né? — comentou Turner. Agora, ele e Elwood estavam sentados nos degraus de entrada do Cleveland depois de uma incursão a Eleanor. A luz do sol era frágil, o inverno chegava como uma tampa cobrindo uma panela velha. Elwood era a única pessoa a quem Turner podia contar aquilo. O resto desses tapados ia dar com a língua nos dentes e aí um monte de gente ia apanhar.

Turner nunca tinha conhecido um garoto como Elwood. *Firme* era a palavra a que ele ficava voltando, apesar de o menino de Tallahassee parecer tranquilo, se comportar como um anjo e ter a tendência irritante de dar lições de moral. Ele usava óculos que davam vontade de pisar como se fossem uma borboleta. Falava como um universitário branco, lia livros sem que ninguém o obrigasse e garimpava coisas neles como quem procura urânio para uma bomba atômica pessoal. Mesmo assim: firme.

Elwood não ficou surpreso com o que o amigo contou.

— O boxe é um esporte corrupto em todos os níveis — disse ele com autoridade. — Os jornais falam bastante disso. — Ele descreveu o que tinha lido na Marconi's, empoleirado no seu banco durante os momentos em que não havia clientes. — A única razão para combinar o resultado de uma luta é se você estiver apostando nela.

— Eu apostaria, se tivesse dinheiro — falou Turner. — Às vezes, no fim do ano, a gente aposta nos *playoffs*. Já ganhei uma graninha.

— Vai ter muita gente chateada — disse Elwood. Sem dúvida a vitória de Griff seria um banquete, mas quase tão delicioso quanto este festim eram os bocados que os meninos trocavam em antecipação, os enredos em que o lutador branco perdia o controle do intestino, ou vomitava um jato de sangue na cara do diretor Hardee, ou tinha os dentes brancos arrancados da boca, "como se tivessem sido lascados com um picador de gelo". Fantasias sinceras e revigorantes.

— Claro. Mas, veja bem, o Spencer disse que vai levar o cara lá atrás.

— Para a Casa Branca?

— Vou mostrar para você — disse Turner. Eles tinham tempo antes do jantar.

Os dois andaram por dez minutos até a lavanderia, que estava fechada àquela hora. Turner perguntou a Elwood sobre o livro debaixo do braço dele, e Elwood falou que uma família britânica estava tentando casar a filha mais velha para manter a propriedade e o título de nobreza. A história tinha umas reviravoltas complicadas.

— Ninguém quer casar com ela? Ela é feia?

— A descrição diz que tem um rosto bonito.

— Cacete.

Depois da lavanderia ficavam os estábulos, que estavam caindo aos pedaços. O teto tinha cedido havia muito tempo e a natureza rastejou para dentro, com arbustos esqueléticos e mato crescendo nas baias. Seria um bom lugar para praticar depravações se você não acreditasse em fantasmas, mas nenhum aluno jamais chegou a uma opinião conclusiva sobre isso e, portanto, todo mundo mantinha distância para garantir. Havia dois carvalhos de um dos lados dos estábulos, com anéis de ferro enfiados na casca.

— Aqui é *lá atrás* — disse Turner. — Dizem que, de vez em quando, trazem algum menino preto e prendem ele aqui. Braços abertos. Aí pegam um chicote de cavalo e estraçalham o cara.

Elwood fechou os dois punhos, depois se controlou.

— Mas nunca meninos brancos?

— A Casa Branca é integrada. Esse lugar é segregado. Se trazem você aqui, não vão levar para o hospital depois. Dizem que você fugiu e fim de papo.

— E a família?

— Quantos garotos do Nickel você conhece que têm família? Ou ao menos uma família que se importe com eles? Nem todo mundo é que nem você, Elwood. — Turner ficava com ciúmes quando a avó de Elwood visitava e levava lanches para ele, e, de vez em quando, deixava isso escapar. Agora, por exemplo. Os antolhos que o Elwood usava, andando por aí. A lei era uma coisa. Você pode marchar com cartazes e mudar a lei se conseguir convencer gente branca em quantidade suficiente. Em Tampa, Turner viu universitários com belas camisas e gravatas protestando em frente ao restaurante Woolworths. Ele tinha que trabalhar, mas eles estavam protestando. E aconteceu: permitiram a entrada de negros. Mesmo assim, Turner não tinha dinheiro para comer lá. Você pode mudar a lei, mas não pode mudar as pessoas e o modo como elas tratam umas às outras. O Nickel era infernalmente racista. Metade das pessoas que trabalhava lá provavelmente vestia trajes de membros da Ku Klux Klan durante o fim de semana. Mas, do ponto de vista do garoto, a maldade ia além da cor da pele. Era Spencer. Era Spencer, e era Griff, e eram todos os pais que deixavam os filhos irem parar lá. Eram as pessoas.

E foi por isso que Turner levou Elwood até as duas árvores. Para mostrar algo que não estava nos livros.

Elwood pegou um dos anéis e puxou. Era firme, já fazia parte do tronco. Ossos humanos se quebrariam antes daquilo afrouxar.

Harper confirmou as apostas dois dias depois. Eles tinham descarregado uns porcos no Churrasquinho do Terry.

— Estão entregues — falou Turner quando Harper fechou a porta do furgão. As mãos deles fediam a abate, e o menino perguntou sobre a luta.

— Só vou apostar quando as coisas ficarem mais claras — disse Harper. Na época do diretor Nickel, quase não se apostava, a pureza do esporte e tal. Hoje, os figurões apareciam, todo mundo dos três distritos mais próximos que gostava de jogos. Bom, nem todo mundo, pois algum funcionário tinha que servir de fiador. — Mas você sempre aposta no garoto negro, independente de tudo. Seria burrice fazer o contrário.

— O boxe sempre tem fraude — disse Elwood.

— Mais desonesto que padre do interior — insistiu Turner.

— Eles não iam fazer isso — disse Harper. Era da infância dele que o rapaz estava falando. Ele cresceu vendo aquelas lutas, comendo pipoca na área VIP. — É uma coisa bonita.

Turner bufou e começou a assobiar.

A grande luta era dividida em duas noites. Na primeira, o campus branco e o campus negro decidiam quem mandar para o evento principal. Nos últimos dois meses, três ringues de boxe ficaram montados no ginásio para os treinos; agora, só restava um no centro da área. Estava gelado lá fora e os espectadores entravam na caverna úmida. Homens brancos da cidade ficavam nas cadeiras dobráveis mais perto do ringue, depois vinham os funcionários e mais atrás os estudantes se aglomeravam nas arquibancadas, agachados no chão, cotovelo cinzento contra cotovelo cinzento. A divisão racial da escola se recriava, com os meninos brancos ocupando a metade sul e os negros ficando com o norte. Nas fronteiras, eles se acotovelavam.

O diretor Hardee atuava como mestre de cerimônias. Ele raramente deixava seu gabinete no prédio administrativo. Turner não o via desde o Halloween, quando ele vestiu uma fantasia de Drácula e distribuiu punhados de doce de milho para os alunos mais novos. Era um homem baixo, fechado no seu terno, com uma cabeça calva flutuando num banco de nuvens de cabelos brancos. Hardee levou a mulher, uma beldade robusta que tinha toda visita minuciosamente comentada pelos alunos, ainda que de forma furtiva — olhares imprudentes causavam espancamentos. Ela tinha sido Miss Louisiana do Sul, ou pelo menos era o que diziam. Refrescava o pescoço com um leque de papel.

Os Hardee tinham direito a um lugar privilegiado na frente, junto com os membros do conselho. Turner reconheceu a maioria por ter ido tirar folhas dos seus gramados ou entregar um presunto na casa deles. No ponto em que os pescoços rosados deles surgiam do colarinho de linho, é ali que você batia, três centímetros de vulnerabilidade.

Harper sentou atrás da fila VIP com o restante dos funcionários. Ele se comportava diferente quando estava na companhia dos outros supervisores, deixando de lado o jeito esquisito. Em várias tardes, Turner tinha visto o rosto e a postura dele se adequarem de repente quando um funcionário ou supervisor apareciam. Uma mudança brusca, deixando de lado um disfarce ou passando a usá-lo.

Hardee fez algumas poucas observações. O presidente do conselho, o sr. Charles Grayson — gerente do banco e há muito tempo apoiador do Nickel —, completaria 60 anos naquela sexta. Hardee fez os alunos cantarem "Parabéns". O sr. Grayson ficou de pé e acenou com a cabeça, as mãos atrás das costas como um ditador.

Os dormitórios dos brancos começaram. Big Chet passou por entre as cordas e foi para o centro do ringue. Sua torcida se expressou com gosto; ele liderava uma legião. A vida dos meninos brancos não era tão difícil quanto a dos negros, mas eles não estavam no Nickel por excesso de carinho do mundo. Big Chet era a Grande Esperança Branca deles. Corria um boato que ele era sonâmbulo, que ficava abrindo buracos nas paredes do banheiro sem nem acordar. De manhã, ele acordava chupando as juntas dos dedos ensanguentadas.

— O moleque parece o Frankenstein — disse Turner. Cabeça quadrada, braços longos, passos largos.

A luta de abertura durou três assaltos sem grandes emoções. O juiz, que de dia cuidava da operação da gráfica, decidiu a favor de Big Chet e ninguém contestou. Ele era tido como um sujeito justo, o juiz, desde que deu um tapa num menino e seu anel de fraternidade deixou o guri meio cego. Depois disso, ele se curvou ao Nosso Senhor e jamais voltou a erguer a mão, exceto para a esposa. A segunda luta dos meninos brancos começou com um estrondo — um uppercut pneumático que deixou o oponente de Big Chet com um medo infantil. Ele passou o resto do assalto e os dois seguintes saltitando como um coelho. Ao ouvir a decisão do juiz, Big Chet remexeu na boca e cuspiu o protetor bucal em duas partes. Ele ergueu os grandes braços brancos para o céu.

— Acho que ele pode dar conta do Griff — disse Elwood.

— Talvez pudesse, mas eles precisam ter certeza. — Afinal, se você tem o poder de obrigar as pessoas a fazer a sua vontade e nunca usa esse poder, qual é o sentido de tê-lo?

As lutas de Griff com os campeões do Roosevelt e do Lincoln foram curtas. Pettibone tinha uns trinta centímetros a menos que Griff, uma discrepância evidente quando você via os dois lado a lado, mas ele escalara até o topo do Roosevelt e ponto final. Quando o gongo soou, Griff foi para cima e humilhou seu oponente com uma saraivada de golpes no corpo. A plateia tremeu.

— A janta hoje vai ser costela! — gritou um menino atrás de Turner. A sra. Hardee deu um gritinho quando Pettibone flutuou como quem sonha na ponta dos pés e depois desabou, beijando a lona suja.

O segundo confronto foi menos desigual. Griff amaciou o garoto do Lincoln como um bife de segunda durante três assaltos, mas Wilson permaneceu de pé para provar seu valor. Wilson estava lutando dois combates: o que todo mundo via e um que só ele sabia. O pai morrera anos atrás e por isso não pôde rever o que pensava do caráter do seu primogênito, mas, naquela noite, Wilson dormiu sem pesadelos pela primeira vez em muito tempo. O juiz deu a luta para Griff com um sorriso preocupado.

Turner observou o ambiente e viu os grupos de enganados pelo golpe, os garotos e os apostadores. Se você está organizando um jogo de cartas marcadas, tem que dar um gostinho para os otários. Em Tampa, a poucas quadras da casa dos Everett, um malandro mantinha uma banca de monte de três cartas, em frente a uma charutaria. Tirando dinheiro de otários o dia inteiro, mexendo naquelas cartas sobre uma caixa de papelão. Os anéis nos seus dedos brilhavam e berravam ao sol. Turner gostava de rondar por ali e ver o espetáculo. Seguir os olhos do malandro, seguir os olhos das vítimas tentando seguir a dama de copas. Depois eles viravam a carta: o modo como os rostos deles desabavam quando viam que não eram tão espertos quanto imaginavam. No início, o malandro mandava Turner embora, mas, à medida que as semanas passaram, ele cansou e deixou o menino ficar ali perto.

— Você precisa deixar que eles pensem que sabem o que está acontecendo — explicou o malandro a Turner um dia. — Eles veem com os próprios olhos, se distraem com isso e não conseguem enxergar o que está acontecendo de verdade.

— Quando os tiras o levaram para a cadeia, a caixa de papelão ficou no beco perto da esquina por semanas.

Com a luta de amanhã decidida, Turner foi transportado de volta para aquela esquina. Assistir a um jogo de três cartas, sem ser o enganador nem o enganado, fora daquilo, mas conhecendo todas as regras. Na noite seguinte, os homens brancos vão apostar seu dinheiro, e os meninos negros vão apostar suas esperanças, e aí o golpista vai virar o ás de espadas e levar tudo. Turner lembrava a empolgação com a luta de Axel dois anos antes, a alegria enlouquecida de perceber que, pelo menos uma vez na vida, eles podiam ter algo. Ficaram felizes por algumas horas, passando um tempo no mundo livre, e depois era o Nickel de novo.

Otários, todos eles.

Na manhã da grande luta de Griff, os alunos negros acordaram devastados pela insônia, e o refeitório borbulhava com conversas sobre a dimensão e a magnitude do triunfo iminente de Griff. *Aquele branquelo vai ficar banguela que nem a minha vó. O médico pode dar o frasco inteiro de aspirina e ele vai continuar com a cabeça doendo. A Ku Klux Klan vai chorar debaixo do capuz a semana inteira.* Os meninos negros espumavam, especulavam e tinham o olhar perdido durante a aula, voltados para os campos de batata-doce. Pensando na perspectiva de um campeão negro: um deles vitorioso, pelo menos uma vez, e os opressores reduzidos a pó, vendo estrelas.

Griff caminhava como um duque negro, uma gangue de joões atrás dele. Os meninos mais novos davam socos nos seus inimigos particulares, invisíveis, e inventaram uma canção sobre a proeza do novo herói. Griff não tinha feito ninguém sangrar nem tratou ninguém mal naquela semana fora do ringue, como se tivesse feito um juramento sobre a Bíblia, e Mike Preto e Lonnie, em solidariedade, também se contiveram. Por tudo que se sabia, Griff não tinha se deixado perturbar pela ordem de Spencer ou ao menos era o que Elwood achava.

— A impressão é que ele esqueceu — sussurrou para Turner enquanto os dois iam andando até o depósito depois do café da manhã.

— Se me respeitassem assim, eu também ia aproveitar — disse Turner. No outro dia ia ser como se nada tivesse acontecido. Ele se lembrou de Axel na tarde seguinte à sua grande luta, misturando um carrinho de mão de cimento, triste e degradado de novo. — Quando é que aqueles bocós que odeiam e têm medo de você vão te tratar de novo como se você fosse o Harry Belafonte?

— Ou então ele esqueceu — disse Elwood.

Naquela noite, fizeram fila para entrar no ginásio. Alguns dos meninos da cozinha operavam uma panela grande com manivela, fazendo pipoca, que colocavam em cones de papel. Os joões engoliam a pipoca e corriam para o fim da fila para ganhar outro cone. Turner, Elwood e Jaimie se apertaram no meio das arquibancadas. Era um lugar bom.

— Ei, Jaimie, você não devia estar sentado no lado de lá? — perguntou Turner.

Jaimie sorriu.

— Para mim parece que eu ganho de qualquer jeito.

Turner cruzou os braços e observou os rostos lá embaixo. Viu Spencer. Ele apertou as mãos dos figurões da primeira fila, do diretor e da sua esposa, e depois se sentou com os funcionários, presunçoso e confiante. Tirou uma garrafinha prateada do bolso do casaco e tomou um gole. O gerente do banco distribuiu charutos. A sra. Hardee pegou um, e todo mundo ficou observando ela soprar fumaça. Voláteis figuras cinzentas giravam na luz sobre as cabeças, fantasmas vivos.

Do outro lado do ginásio, os meninos brancos batiam o pé na madeira e o estrondo sacudia as paredes. Os meninos negros fizeram o mesmo, e as batidas foram para o outro lado do ginásio, numa fuga estonteante. O barulho deu uma volta completa antes de os garotos pararem e aplaudirem a própria algazarra.

— Manda ele para o coveiro!

O juiz soou o gongo. Os dois lutadores tinham a mesma altura e estrutura, pedras da mesma pedreira. Uma luta igual, apesar do histórico favorável aos campeões negros. Nos primeiros assaltos, nada de dança ou esquiva. Os meninos atacavam um ao outro vez após vez, intercalando ataques, resistindo à dor. A plateia berrava e zombava a cada avanço e recuo. Mike Preto e Lonnie seguravam as cordas, gritando insultos escatológicos para Big Chet, até o juiz chutar as mãos deles para longe dali. Se Griff tinha medo de nocautear Big Chet por acidente, não dava indícios disso. O gigante negro espancava o garoto branco sem piedade, absorvia o contra-ataque do oponente, socava o rosto do menino como se estivesse abrindo um caminho para sair de uma cela de cadeia a pancadas. Quando o sangue e o suor o cegaram, ele continuou tendo uma estranha noção da posição de Big Chet e o manteve longe.

Ao final do segundo assalto, dava para dizer que a luta era de Griff, apesar das admiráveis ofensivas de Big Chet.

— Está parecendo bom — comentou Turner.

Elwood franziu a testa desdenhando do espetáculo como um todo, o que fez seu amigo sorrir. A luta era tão viciada e podre quanto as competições de lavagem de pratos da sua infância, algo que ele contou para Turner, mais uma engrenagem na máquina que oprimia os negros. Turner gostava da recente tendência de Elwood para o cinismo, embora ele próprio estivesse se deixando levar pela magia da grande luta. Ver Griff, inimigo deles e campeão, batendo naquele menino branco fazia você se sentir bem. Mesmo que não quisesse. Agora que o terceiro e último assalto ia começar, ele queria se prender àquela sensação. Ela era real — no sangue e da mente deles —, ainda que fosse uma mentira. Turner tinha certeza de que Griff ia ganhar, ainda que soubesse que não ia. No fim das contas, Turner era outra vítima, outro otário, mas não estava nem aí.

Big Chet avançou sobre Griff e deu uma série de golpes rápidos que o levaram ao canto do ringue. Griff ficou encurralado, e Turner pensou: *É agora*. Mas o menino negro agarrou o oponente num clinch e continuou de pé. Vários golpes fizeram o menino branco cambalear. Faltavam segundos para terminar o assalto, e Griff não cedia. Big Chet esmagou o nariz dele com um murro, e Griff aguentou. Toda vez que Turner via o momento perfeito para que ele caísse — os ataques violentos de Big Chet disfarçariam a pior das atuações —, Griff rejeitava a deixa.

Turner cutucou Elwood, que estava com uma expressão horrorizada no rosto. Eles entenderam: Griff não ia cair. Ele estava tentando ganhar.

Não importava o que aconteceria depois.

Quando o gongo soou pela última vez, os dois garotos do Nickel estavam entrelaçados, ensanguentados e escorregadios, se escorando um no outro, parecendo uma tenda indígena humana. O juiz separou os dois, e eles foram cambaleando para os seus cantos, exaustos.

— Puta que pariu — disse Turner.

— Pode ser que tenham desistido — falou Elwood.

Claro, era possível que o juiz fizesse parte daquilo e que eles tivessem decidido fraudar a luta daquele jeito. Porém, a reação de Spencer acabou com essa teoria. O superintendente era a única pessoa da primeira fila que permanecia sentada, uma carranca maligna fixa no rosto. Um dos figurões se virou, o rosto vermelho, e agarrou a cara dele.

Griff, tremendo, se pôs de pé, se arrastou até o centro do ringue e gritou. O ruído da multidão abafou o que ele disse. Mike Preto e Lonnie seguraram o amigo, que parecia ter perdido a razão. Ele teve dificuldade para atravessar o ringue.

O juiz pediu que todos se acalmassem e deu sua decisão: os dois primeiros assaltos foram para Griff, o terceiro para Big Chet. Os meninos negros tinham prevalecido.

Em vez de saltitar pela lona em triunfo, Griff se contorceu para se libertar e atravessou o ringue até onde Spencer estava sentado. Agora Turner conseguiu ouvir o que ele dizia:

— Eu achei que era o segundo! Eu achei que era o segundo! — Ele ainda gritava quando os meninos negros o levaram de volta para o Roosevelt, cantando para o seu campeão. Eles nunca tinham visto Griff chorar antes e acharam que as lágrimas eram pela vitória.

Apanhar na cabeça pode fazer o seu cérebro chacoalhar. Apanhar na cabeça daquele jeito pode deixar a sua mente perdida e confusa. Turner jamais achou que isso podia fazer você esquecer quanto é dois mais um. Mas Griff nunca foi bom em matemática.

Ele era todos eles em um corpo negro naquela noite no ringue e ele era todos eles quando os homens brancos o levaram lá atrás para aqueles dois anéis de ferro. Eles vieram atrás de Griff naquela noite e o garoto nunca mais voltou. A história que se espalhou foi que ele era orgulhoso demais para dar a luta de mão beijada. Que ele se recusou a baixar a cabeça. E os meninos se sentiam bem por acreditar que Griff fugiu, foi embora e correu para o mundo livre. Ninguém desmentiu isso, embora alguns tenham percebido que era estranho a escola não ter soado o alarme ou enviado os cães. Quando o estado da Flórida o exumou cinquenta anos depois, o legista notou as fraturas nos pulsos e especulou que ele tenha sido amarrado antes de morrer, além das outras violências comprovadas pelos ossos quebrados.

A maioria dos que conhecem a história dos anéis nas árvores hoje está morta. O ferro continua lá. Oxidado. Preso no cerne da madeira. Dando seu testemunho para qualquer pessoa que se preocupe em ouvir.

CAPÍTULO DEZ

Um grupo de idiotas tinha detonado as cabeças das renas. Eles esperavam encontrar uma certa dose de estragos depois das festas, quando os garotos se reuniam para guardar os delicados enfeites de Natal. Uma galhada torta, uma perna retorcida por causa de um esgarçamento da junta. Mas o que estava diante deles era vandalismo feito por gente má.

— Olha só isso aqui — disse a srta. Baker. Ela chupou os dentes. A srta. Baker era mais nova do que a maioria dos professores do Nickel, e tinha uma predileção pelo ultraje ardoroso. No reformatório, sua indefectível fúria era despertada pelas lamentáveis condições da sala de arte dos negros, pela imprevisibilidade de suprimentos e por algo que poderia ser interpretado como uma resistência institucional às várias melhorias implantadas por ela. Os professores jovens nunca duravam muito antes de ir embora. — Toda essa trabalheira.

Turner retirou o jornal amassado da cabeça da rena e alisou. A manchete dava um veredito sobre o primeiro debate entre Nixon e Kennedy: DERROTA.

— Essa já era — disse ele.

Elwood levantou a mão.

— A senhorita quer que a gente faça tudo de novo ou só as cabeças, srta. Baker?

— Acho que dá para salvar os corpos — respondeu a mulher. Ela fez uma careta e arrumou os cabelos ruivos num coque. — Façam só as cabeças. Deem um retoque na pele e, ano que vem, a gente faz do zero.

Todo ano, visitantes de toda a península, famílias da Geórgia e do Alabama iam em caravana para ver o espetáculo de Natal. Era o orgulho da administração, uma liberalidade para captação de recursos que provava que a ressocialização não era apenas um conceito ideal, mas algo factível. Bastante trabalho, muito material. Oito quilômetros de luzes penduradas dos cedros recortavam os telhados da parte sul do campus. O Papai Noel de dez metros no início da estrada precisava de um guindaste para ser montado. As instruções para montagem da maria-fumaça em miniatura que dava voltas em torno do campo de futebol eram passadas adiante havia décadas como os pergaminhos de uma seita solene.

A decoração do ano anterior havia atraído mais de 100 mil convidados ao campus. Não havia razão, insistia o diretor Hardee, para que os bons meninos do reformatório Nickel não pudessem melhorar esse número.

Os alunos brancos trabalhavam na construção e na remontagem de itens grandes de decoração — o trenó gigante, o presépio, os trilhos dos trens —, e os alunos negros faziam a maior parte da pintura. Retoques, novos acréscimos. Correções de erros artísticos de predecessores menos meticulosos e remodelagem de itens antigos. Bengalinhas de doce de um metro de altura ladeavam o caminho que levava a cada dormitório, e elas sempre precisavam de retoques na pintura. Os cartões natalinos monstruosamente grandes, do tamanho de pôsteres, mostravam travessuras no polo Norte, contos de fada favoritos, como "João e Maria" e "Os três porquinhos", e recriações bíblicas. Os cartões ficavam reclinados em estandes ao longo das ruas que cortavam o terreno da escola como se adornassem o saguão de um importante teatro.

Os alunos adoravam essa época do ano, fosse por lembrar os Natais de casa, por mais miseráveis que estes tivessem sido, ou por ser a primeira festa de verdade que participavam na vida. Todo mundo ganhava presente — nesse sentido, a população de Jackson County era generosa —, tanto os brancos quanto os negros, não só blusas e roupa de baixo como luvas de beisebol e caixas de soldadinhos. Por uma manhã, eles eram iguais aos meninos de casas boas em vizinhanças boas onde tudo era tranquilo à noite e ninguém tinha pesadelos.

Até Turner encontrava motivos para sorrir, enquanto retocava o cartão do Homem de Biscoito de Gengibre e se lembrava do grito do herói da lenda popular: "Você não me pega, não me pega!" Um bom jeito de ser. Ele não se lembrava do fim da história.

A srta. Baker deu a tarefa dele por encerrada e Turner foi trabalhar com Jaimie, Elwood e Desmond na mesa do papel machê.

— Para o Jaimie, é o Earl — sussurrou Desmond.

Foi o Desmond que encontrou o material, mas foi Jaimie quem bolou o esquema. Era uma ideia improvável para um aluno que tinha acabado de ser promovido a Pioneiro. Ele estava quase fora. Jaimie cresceu em Tallahassee como Elwood, mas os dois não conseguiam achar um único lugar que tivessem em comum. Bairros diferentes, cidades diferentes. O pai dele, segundo diziam, era picareta em tempo integral e vendedor de aspirador de pó em meio expediente, viajando pela península e batendo de porta em porta. Não ficava claro como ele conheceu a mãe de Jaimie, mas Jaimie era uma das provas de que eles se conheceram. O aspirador que levavam nas mudanças frequentes de casa era a outra evidência.

A mãe de Jaimie, Ellie, trabalhava como faxineira da unidade de engarrafamento da Coca-Cola em South Monroe, em All Saints. Jaimie e os amigos costumavam ficar à toa no pátio da ferrovia ali perto. Jogando dados, passando uma *Playboy* em mau estado de mão em mão. Ele era um bom garoto, não o mais aplicado no que dizia respeito à frequência escolar, mas jamais teria visto o lado de dentro do Nickel não fosse pelo pátio ferroviário. Um bebum velho que assombrava o lugar enfiou a mão dentro das calças de um dos meninos, e o grupo bateu no homem até que ele perdesse os sentidos. Jaimie foi o único que os policiais conseguiram alcançar.

Durante sua passagem pelo Nickel, o menino mexicano evitou as rixas em que os outros se metiam, as infinitas disputas por terreno psicológico e as inúmeras invasões desses territórios. Independente das constantes mudanças de dormitório, Jaimie se mantinha discreto e se comportava de acordo com o manual de conduta do Nickel — um milagre, já que ninguém nunca viu o manual, apesar de ele ser sempre invocado pelos funcionários. Assim como a justiça, ele, em teoria, existia.

Colocar algo na bebida de um supervisor não era da personalidade dele.

No entanto: Earl.

Desmond trabalhava nos campos de batata-doce. Não reclamava. Ele gostava do cheiro das batatas quando chegava a época da colheita, aquele aroma quente, gostoso. Como o suor do pai dele quando chegava do trabalho e ia ver se Desmond estava aconchegado na cama.

Na semana anterior, Desmond foi parte de uma equipe que recebeu instruções para reorganizar um galpão de trabalho, o grande galpão cinza onde ficavam os tratores. Metade das lâmpadas estava queimada e bichos tinha feito ninhos em diversos lugares. Teias de aranha criavam um dossel num dos cantos, e Desmond açoitou as flores brancas com uma vassoura, por medo do que podia sair dali. Ele reconheceu algumas das latas soltas empilhadas e encontrou um lugar para elas, mas havia uma relíquia que estava desbotada demais para ler. Ele sacudiu: totalmente sólido. Perguntou a um dos meninos mais velhos o que fazer, e o menino disse que aquilo não devia estar ali.

— Isso é remédio de cavalo, para fazer o bicho vomitar quando come alguma coisa que não deve — respondeu ele.

Os antigos estábulos ficavam por perto, e, talvez, quando ocorreu o fechamento, aquela velharia tenha ido parar ali. No Nickel, as coisas tendiam a ir parar onde deviam, mas, de vez em quando, uma alma preguiçosa ou maldosa subvertia a ordem.

Desmond escondeu o remédio no casaco e levou para o Cleveland.

Um deles — depois que tudo acabou, ninguém lembrava quem foi — sugeriu colocar no copo de algum funcionário. Se não fosse para isso, por que Desmond tinha trazido aquele negócio? Mas foi Jaimie que tornou o esquema real com suas respostas calmas às objeções.

— Para quem você daria isso? — perguntou Jaimie aos amigos, com um ar retórico. O menino tinha uma gagueira que aparecia quando ele fazia perguntas — seu tio tinha a mão pesada e não gostava de perguntas —, mas a gagueira desapareceu durante as discussões sobre a lata.

Desmond mencionou Patrick, um funcionário que bateu nele por mijar na cama e que o obrigou a arrastar o colchão sujo até a lavanderia no meio da noite.

— Aquele branquelo do caralho… Ia ser bom ver ele vomitando as tripas.

Estavam todos na sala de recreação do Cleveland, depois do fim da aula. Ninguém mais por perto. De vez em quando, dava para ouvir alguém aplaudindo ou gritando num dos campos de esportes ali perto. *Para quem você daria?* Elwood sugeriu Duggin. Ninguém sabia que Duggin e ele tinham brigado. Duggin era um sujeito branco e robusto que andava batendo os pés por aí com uma aparência sonolenta, bovina. Tinha um jeito de aparecer de repente na sua frente, como uma poça ou um buraco, e você ficava sabendo que as mãos grandes e gordas dele eram mais rápidas do que imaginava, pinçando ombros, laçando um pescoço magrelo. Elwood contou aos outros garotos que o supervisor deu um soco no estômago dele por falar com um aluno branco, um menino que conheceu no hospital. A confraternização entre os alunos dos dois campi não era incentivada. Os meninos fizeram que sim com a cabeça — "faz sentido" —, mas todos eles sabiam que, na verdade, ele queria dar para o Spencer. Pelas pernas dele. Ninguém ousou mencionar o nome de Spencer nem de brincadeira enquanto sonhavam acordados; caso contrário, nem falariam daquilo.

— Eu daria para o Wainwright — disse Turner. Ele contou como Wainwright o pegou fumando, da primeira vez que passou pelo Nickel. Deu um soco tão forte nele que o rosto ficou inchado. Wainwright tinha a pele clara, mas todos os meninos negros sabiam, pelo cabelo e pelo nariz, que ele tinha um pouco de sangue negro. O homem batia nos me-

ninos negros por ter conhecimento daquilo, apesar de fingir não saber. — Eu era mais verde do que você, El, na época.
— Depois daquilo, ninguém mais pegou Turner fumando.
Era a vez de Jaimie.
— Earl — disse ele, sem elaborar.
Por quê?
— Ele sabe.

Os dias se passaram e eles voltavam a discutir a brincadeira entre jogos de damas e partidas de pingue-pongue. Alvos diferentes surgiam quando viam outro estudante ser maltratado ou se lembravam de algum encontro pessoal, alguma bronca, um tapa no pé do ouvido. Um nome, porém, seguia constante: Earl. Um dia, Elwood deixou de citar Duggin quando chegou sua vez e mencionou Earl. Earl não tinha batido nele na noite em que foi levado para a Casa Branca, mas ele era um não Spencer, um Spencer mais novo. Parecido o bastante.

— O que é a Ceia de Fim de Ano? — perguntou Elwood, mas talvez já ciente da resposta.

A Ceia de Fim de Ano estava assinalada no grande calendário no hall de entrada do dormitório. Desmond disse que aquilo não era para eles, era para os funcionários. Uma bela refeição para celebrar mais um ano de trabalho pesado no campus norte.

— E eles ganham o direito de ir à despensa e pegar uns belos bifes para si mesmos — disse Turner. Os meninos se ofereciam como voluntários para trabalhar de garçons em busca de pontos.

— Ia ser um bom momento para fazer — falou Desmond, dizendo e não dizendo.

— Earl — anunciou Jaimie, como sempre.

Às vezes, Earl trabalhava no campus sul; às vezes, no norte. Em circunstâncias normais, eles iam ter ouvido falar do que aconteceu entre Jaimie e o supervisor, mas os dois passavam muito tempo na metade branca, e quem poderia saber o que se passou entre os dois lá do outro lado? Podia ser algo relacionado ao Beco do Amor, alguma fofoca pelas costas, alguma armação feita por um aluno branco. Earl sempre participava das sessões de bebedeira na garagem. Quando a luz da garagem estava acesa à noite e você ouvia a conversa, rezava para não estar marcado para levar uma surra e para não ter sido escolhido para um encontro no Beco do Amor. Aquilo nunca terminava bem.

Remédio estranho numa lata verde antiga. Os meninos iam juntando as palavras e entonações de um feitiço que traria justiça. Justiça ou vingança. Ninguém queria admitir que, durante todo aquele tempo, eles estiveram bolando um plano de verdade. Os meninos voltavam àquilo o tempo todo à medida que o Natal se aproximava, passando a ideia de um para o outro para que cada um avaliasse seu peso e sua forma. À medida que a brincadeira evoluía de uma abstração para algo mais sólido, cheio de "comos", "quandos" e "ses", sem perceber, Desmond, Turner e Jaimie deixaram de incluir Elwood. A peça que eles iam pregar ia contra a consciência moral dele. Era difícil imaginar o reverendo Martin Luther King Jr. colocando detergente no copo do governador Orval Faubus. E a surra que Elwood levou deixou marcas nele todo, não só nas pernas. Aquilo tinha se infiltrado como uma praga na personalidade do menino. O modo como os ombros dele se encolhiam quando Spencer aparecia, os espasmos que ele sentia. Ele só conseguia suportar a conversa sobre vingança até o ponto em que a realidade tomava conta dele.

Então, houve um estalo e os meninos pararam de falar daquilo.

— Eles iam colocar a gente debaixo da terra — disse Desmond, quando Jaimie começou com outra rodada de "Quem nós vamos pegar?".

— A gente tem que tomar cuidado — falou Jaimie.

— Eu vou jogar basquete — respondeu Desmond, e saiu.

Turner suspirou. Ele precisava admitir que o jogo tinha perdido a graça. Por um tempo, foi bom imaginar um dos carrascos deles vomitando em cima de todas aquelas delícias sobre a mesa da Ceia de Fim de Ano, respingando a sua descarga estomacal em um bando de branquelos. Cagando nas calças, o rosto ficando vermelho-morango de dor, soltando tudo até não ser mais comida que saía, e sim o próprio sangue. Uma visão agradável, um tipo diferente de remédio. Mas eles não iam fazer aquilo, e esse fato estragava tudo. Turner ficou, e Jaimie sacudiu a cabeça e foi jogar basquete com os outros.

Na sexta, dia da Ceia de Fim de Ano, a equipe do serviço comunitário saiu a trabalho. Harper, Turner e Elwood tinham terminado o serviço na loja quando o supervisor disse que precisava fazer uma coisa.

— Volto num minuto — disse ele. — Esperem aqui.

O furgão desapareceu. Turner e Elwood foram andando pelo beco vazio até a rua. Harper já tinha deixado os dois sozinhos, quando estavam trabalhando na casa de um membro do conselho. Mas nunca na Main Street. Mesmo depois de dois meses de conversas no beco, Elwood mal acreditava.

— A gente pode andar por aí? — perguntou ele para Turner.

— Não é grande coisa, mas sim — respondeu Turner, fingindo que aquilo tinha acontecido muitas vezes.

Não era raro ver alunos do Nickel na Main Street. Os meninos saíam se arrastando dos ônibus escolares cinzentos usando suas calças jeans do governo para fazer serviço comunitário — serviço comunitário de verdade, não o tipo de serviço especial que Turner e Elwood faziam —, como limpar o parque depois da queima de fogos do Dia da Independência ou do desfile do Dia dos Fundadores. A cada nova estação, o coro visitava a igreja batista para exibir suas belas vozes enquanto os secretários do diretor Hardee passavam envelopes para doações. No entanto, dois meninos negros desacompanhados era uma coisa que chamava atenção. Era hora do almoço. Os brancos de Eleanor tentaram achar uma explicação. Os meninos não pareciam desonestos nem assustados. Provavelmente, o supervisor deles estava na loja de materiais de construção — o sr. Bontemps detestava crioulos e os mandava esperar do lado de fora. Os brancos passaram e continuaram andando. Não era da conta deles.

Brinquedos de Natal — robôs de corda, armas de ar comprimido e trens pintados — enchiam a vitrine da loja. Os meninos sabiam esconder o seu entusiasmo pelas coisas de crianças menores mas que ainda chamavam sua atenção. Passaram andando rápido pelo banco. Parecia o tipo do lugar em que um membro do conselho podia aparecer ou, no mínimo, algum branco com poder para assinar documentos oficiais, como ordens dadas em reformatórios.

— É estranho estar aqui fora — disse Elwood.

— Tá tudo bem — falou Turner.

— Ninguém olhando — avisou Elwood.

A calçada estava vazia, uma interrupção no tráfego do meio-dia. Turner olhou em volta e sorriu. Ele sabia no que Elwood estava pensando.

— A maioria fala em correr para o pântano — disse Turner. — Se molhar para os cachorros não sentirem o seu cheiro, depois se esconder até a barra ficar limpa e pegar carona para algum lugar. Oeste ou Norte. Mas é assim que eles pegam você, porque é para lá que todo mundo foge. E não tem como se lavar para tirar o cheiro, isso só funciona no cinema.

— Como você faria?

Turner tinha pensado naquilo muitas vezes, mas jamais contara para ninguém.

— Você vem aqui para o mundo livre, não para o pântano. Rouba roupas de um varal. Vai para o Sul, não para o Norte, porque ninguém espera isso. Sabe aquelas casas vazias que a gente passa quando vai fazer as entregas? Então, a casa do seu Tolliver, ele está sempre na capital a negócios. A casa fica vazia. Você entra nas casas para pegar mantimentos e põe a maior distância possível entre você e os cachorros, para cansar os bichos. O truque é não fazer o que eles sabem que você vai fazer. — Depois ele se lembrou da parte mais importante. — E não leve ninguém junto. Nenhum daqueles idiotas. Vão fazer você se dar mal junto com eles.

Eles tinham andado devagar até a frente da farmácia. Atrás da vitrine, uma mulher loura se agachava ao lado de um carrinho e dava sorvete com uma colherinha para o seu bebê. O menininho estava imundo, lambuzado de chocolate e urrando de felicidade.

— Você tem dinheiro? — perguntou Turner.

— Mais do que você — respondeu Elwood.

Ou seja, dinheiro nenhum. Eles riram porque sabiam que a farmácia não servia clientes negros, e, às vezes, rir derrubava alguns tijolos da barricada da segregação, tão alto e largo. E eles riram porque sorvete era a última coisa que eles queriam.

A aversão de Elwood era compreensível; a visita à Fábrica de Sorvete tinha deixado suas marcas. Turner detestava aquilo por causa do namorado da tia, que foi morar com eles quando o menino tinha 11 anos. Mavis era irmã da sua mãe e a única família de Turner. A Flórida não sabia que ela existia, o que explicava o espaço em branco nos formulários onde o nome dela deveria ter sido escrito, mas ele morou com ela por um tempo. O pai de Turner, Clarence, era meio "andarilho", não que alguém precisasse contar para ele, já que o menino sofria do mesmo mal. Turner se lembrava dele como duas mãos grandes e um risinho rouco. Quando ouvia as folhas de outono se agitando com o vento, ele se lembrava daquele riso. Do mesmo modo que os garotos do Nickel se lembrariam das visitas à Casa Branca ao ouvir o estalido seco do couro, mesmo após décadas.

Turner viu o pai pela última vez aos 3 anos. Depois, o homem era ar. A mãe, Dorothy, ficou mais tempo por perto, tempo suficiente para se afogar no próprio vômito. Ela gostava daquilo — aguardente, quanto mais barata melhor. A bebida que ingeriu na noite em que morreu deixou Dorothy contorcida e azul e fria no sofá da sala. Ele sabia onde ela estava agora — a sete palmos no cemitério São Sebastião —, o que era uma vantagem sobre o seu respeitável amigo Elwood. A mãe e o pai dele fugiram para o Oeste e não mandaram nem um cartão-postal. Que tipo de mãe abandona o filho no meio da noite? O tipo que não está nem aí. Ele guardou aquela informação para usar como golpe baixo caso um dia ele e Elwood brigassem para valer. Turner sabia que a mãe gostava dele. O problema é que ela gostava mais da bebida.

A tia Mavis aceitou ficar com o menino e providenciou roupas boas para a escola e três refeições diárias. No último sábado de cada mês, ela colocava o vestido vermelho bom, passava perfume no pescoço e saía com as amigas, mas, fora isso, a vida dela era o hospital, onde trabalhava como enfermeira, e Turner. Ninguém jamais disse que ela era bonita. Ela tinha olhos pretos minúsculos, um queixo feito às pressas, e quando Ishmael começou a flertar, não demorou para ela se apaixonar. Ele dizia o tempo todo que ela era bonita e outras coisas que a mulher nunca ouvira antes. Ishmael trabalhava na manutenção no aeroporto de Houston e quando chegava com flores, elas quase ocultavam o odor industrial que impregnava a pele dele, não importava o quanto ele tomasse banho.

Ishmael era uma ameaça silenciosa, um sujeito que armazenava violência como uma bateria; depois dele, Turner aprendeu a reconhecer aquele tipo de homem. Como Mavis brilhava ao pensar nele, cantava melodias dos musicais que adorava, se trancando no banheiro com um pente quente, a fiação elétrica estalando. Afinando e desafinando. Nunca passou pela cabeça de Turner por que ela usou óculos escuros duas semanas seguidas aquela vez, por que ela ficava no quarto algumas manhãs e só levantava depois do meio-dia, mancando e gemendo de leve.

Um dia depois de Turner ter se colocado entre os punhos de Ishmael e Mavis, ele levou o menino para tomar sorvete. A.J. Smith's, na Market Street. "Traga para esse rapaz o maior sundae que você tiver." Cada colherada era como um murro na boca. Ele tomou até a última colherada vergonhosa e, desde então, soube que os adultos estão sempre tentando comprar as crianças para que elas esqueçam as coisas ruins que fizeram. O sabor daquele fato ficou na sua boca quando fugiu da casa da tia pela última vez.

O Nickel servia sorvete de baunilha para os internos uma vez por mês, e aquilo deixava os meninos gritando de felicidade, como pintos no lixo, a ponto de Turner querer encher todo mundo de porrada. Na terceira quarta-feira do mês, Turner e Elwood entravam pela porta dos fundos da farmácia de Eleanor levando a maior parte do suprimento de sorvete do campus norte. Turner tinha a impressão de estar prestando um serviço para os colegas, poupando-os de algo.

A moça loura empurrou o carrinho em direção à saída, e Elwood abriu a porta para ela. Ela não disse uma palavra. Harper estacionou e fez sinal para que eles entrassem no banco da frente.

— Vocês andaram aprontando?

— Sim, senhor — disse Turner. Ele sussurrou para Elwood: — Não vá roubar o meu plano, El. Esse troço é ouro puro. — Eles entraram no furgão.

Quando passaram pelo prédio da administração rumo ao campus dos negros, os alunos estavam amontoados em grupos, preocupados, na grama. Harper diminuiu a velocidade e chamou um dos meninos brancos.

— O que aconteceu?

— Levaram o seu Earl para o hospital. Ele não tá bem.

Harper estacionou o furgão perto do depósito e correu para o hospital. Elwood e Turner foram às pressas para o Cleveland. Elwood ficava olhando para todo lado como um esquilo, e Turner tentava manter a dianteira, o que fazia com que ele se movesse como um robô. Eles precisavam de um relatório. Apesar de os campi serem segregados, os meninos negros e os brancos repassavam informações em nome da segurança. Às vezes, o Nickel era como estar em casa, onde o irmão ou a irmã mais velha que você detestava te avisava que o pai ou a mãe estava num humor horroroso ou que tinha bebido o dia inteiro para você poder se preparar.

Eles acharam Desmond perto do refeitório dos negros. Turner olhou para dentro. A mesa dos funcionários ainda estava posta. Ou mais ou menos — as cadeiras viradas indicavam que tinha havido uma confusão, e o sangue espalhado mostrava por onde arrastaram Earl.

— Acho que não era remédio, afinal das contas — disse Desmond. A voz grave dele acrescentou um tom sinistro.

Turner deu um soco no ombro dele.

— Você vai fazer eles matarem a gente!

— Não fui eu! Não fui eu! — falou Desmond. Ele olhou por cima do ombro de Turner para a Casa Branca.

A mão de Elwood cobriu a boca dele. Havia metade de uma pegada de bota no sangue. De repente, ele despertou e virou para ver o pé da colina. Para ver se estavam vindo pegá-los.

— Cadê o Jaimie?

— Aquele crioulo — falou Desmond.

Eles combinaram uma estratégia nos degraus do refeitório. Turner sugeriu que eles se misturassem aos outros e conseguissem informações sobre o estado de saúde de Earl. Ele não disse que queria ficar lá porque era uma linha reta até o ponto em que a estrada passava, na parte leste do campus. Se Spencer aparecesse com uma turba, ele ia sair em disparada. *Não me pega, não me pega, sou o Homem de Biscoito de Gengibre.*

Jaimie apareceu uma hora depois, amarrotado e meio confuso, como se tivesse acabado de andar numa montanha-russa. Ele completou a história que eles tinham combinado com os outros meninos. A Ceia de Fim de Ano começou como sempre.

A toalha de mesa que só via a luz do dia uma vez por ano cobria a mesa dos funcionários, os pratos bonitos foram limpos. Os supervisores se sentaram e tomaram cerveja, contando histórias vulgares e fazendo especulações indecentes sobre as secretárias e as professoras com seios maiores. A conversa era ruidosa, e eles estavam se divertindo. Poucos minutos depois de começar a refeição, Earl se levantou às pressas e pôs as mãos na barriga. Eles acharam que o homem estava engasgado. Aí, ele começou a dispersar o conteúdo do seu estômago num jorro. Quando surgiu sangue, eles o levaram colina abaixo até o hospital.

Jaimie contou que ficou esperando junto com os outros meninos do lado de fora da enfermaria até a ambulância levar Earl embora.

— Você é doido — disse Elwood.

— Não fui eu — respondeu Jaimie. O menino tinha o rosto pálido. — Eu estava jogando futebol. Todo mundo me viu.

— A lata desapareceu do meu armário — falou Desmond.

— Eu já disse que não peguei. Talvez alguém tenha roubado a lata e usado. — Ele bateu no ombro de Desmond. — Você falou que era remédio de cavalo!

— Foi o que me disseram — afirmou Desmond. — Você mesmo viu, tinha um cavalo na embalagem.

— Talvez fosse veneno para cavalo — argumentou Elwood.

— Cavalo não é rato, seu idiota. Você atira num cavalo, não dá veneno para ele.

— Então Earl tem sorte de estar vivo — declarou Jaimie. Elwood e Desmond continuaram a pressionar Jaimie, mas a versão dele não mudou.

Era difícil não perceber o sorriso que repuxava a boca de Jaimie de vez em quando. Turner não estava zangado pelo garoto ter mentido na cara deles. Ele admirava mentirosos que continuavam mentindo mesmo quando suas mentiras eram óbvias, mas não tinha nada que pudesse fazer. Mais uma prova da impotência das pessoas diante dos outros. Jaimie não ia admitir, por isso Turner simplesmente observou os amigos e a atividade lá na parte baixa da colina.

Earl não morreu. Mas também não voltou ao trabalho. Ordens médicas. Eles ficariam sabendo disso nos próximos dias. E umas semanas depois, ficariam sabendo que o substituto de Earl, um sujeito alto chamado Hennepin, era bem pior, e que sujeitaria vários meninos aos seus caprichos cruéis. Porém, eles passaram aquela primeira noite sem ser amarrados, e quando correu a história de que o dr. Cooke culpou a precária saúde do próprio Earl pelo surto — ele tinha histórico familiar, aparentemente —, Turner parou de bolar uma fuga.

Pouco antes da hora de apagar as luzes, ele e Elwood estavam juntos perto do grande carvalho em frente ao dormitório. O campus estava em silêncio. Turner queria um cigarro, mas a carteira estava no sótão do depósito. Em vez disso, ele assobiou, aquela música do Elvis que o Harper sempre cantava quando eles estavam no carro.

Os insetos noturnos levantaram voo numa onda.

— Earl — disse Turner. — Que merda, hein?

— Queria ter estado lá para ver — comentou Elwood.

— Rá.

— Preferia que tivesse sido o Spencer — falou Elwood.

— Ia ser legal. — A palma da mão dele encostou na parte de trás da coxa, no ponto que ele acariciava quando se lembrava da surra.

Eles ouviram uma algazarra. No sopé da colina, os supervisores tinham ligado as luzes de Natal, e os meninos puderam dar uma olhada no resultado de toda a trabalheira que tiveram nas semanas anteriores. Lâmpadas verdes, vermelhas e brancas delineavam uma trilha de felicidade natalina ao longo das árvores e dos prédios do campus sul. Lá longe no escuro, o grande Papai Noel na entrada brilhava por dentro com um fogo demoníaco.

— Quanta luz.

Além da Casa Branca, luzes piscando marcavam o contorno da antiga caixa d'água — um dos meninos brancos caiu da escada enquanto prendia as lâmpadas e quebrou a clavícula. As luzes flutuavam nos X da estrutura de madeira, contornavam a imensa caixa d'água, dando uma volta no cume triangular. Parecia uma espaçonave decolando. Aquilo fazia Turner se lembrar de algo, e então ele percebeu o que era — aquele parque de diversões, a Fun Town, que aparecia nos comerciais da TV. Aquela música boba e feliz, os carrinhos de bate-bate e a montanha-russa, e o Foguete Atômico. Os outros meninos falavam do lugar de tempos em tempos, eles iriam lá quando estivessem no mundo livre de novo. Turner achava aquilo burrice. Negros não tinham permissão para entrar nos lugares bacanas. Mas ali estava tudo aquilo, diante dele, apontando para as estrelas, decorado com uma centena de luzes cintilantes, esperando pela decolagem: um foguete. Lançado na escuridão rumo a outro planeta escuro que eles não podiam ver.

— Ficou bonito — disse Turner.

— A gente fez um bom trabalho — declarou Elwood.

PARTE

Três

CAPÍTULO ONZE

—Elwood?

Ele respondeu com um gemido da sala de estar, onde a janela deixava ver um trechinho da Broadway lá embaixo: a Sapataria do Sammy, a agência de viagens que tinha fechado, e o canteiro no meio da rua. O ângulo de visão formava um trapezoide, seu globo de neve pessoal da cidade. Era um bom lugar para fumar e ele descobriu um jeito de se empoleirar na soleira que não fazia doer as costas.

— Vou sair para comprar um saco de gelo, não aguento mais — disse Denise, e trancou a porta ao sair. Ele tinha entregado uma cópia das chaves para ela na semana anterior.

Ele não se importava com o calor. Essa cidade sabia como fazer um verão infernal, sem dúvida alguma, mas nem se comparava aos dias quentes do verão do Sul. Desde que chegou na cidade, ele achava engraçado o jeito como os nova-iorquinos reclamavam do calor do verão, no metrô, nas lojas. No primeiro dia dele na cidade também houve greve de lixeiros, mas foi em fevereiro. Não cheirava tão mal. Dessa vez, sempre que ele saía do vestíbulo no andar de baixo, o fedor era como um matagal — ele queria um facão para abrir caminho em meio àquilo. E era só o segundo dia da greve.

A greve selvagem de 1968: a apresentação a uma cidade tão miserável que ele precisou encarar aquilo como um trote. As calçadas apinhadas de latas de lixo — transbordando e intocadas por dias — e o lixo mais recente em feixes de sacolas e caixas de papelão em torno delas. Ele evitava o transporte público de uma cidade nova até entender bem onde estava e jamais tinha andado de metrô antes. Ele cruzava a cidade rumo ao norte desde a Autoridade Portuária. Andar em linha reta era impossível. Ele costurava em meio às pilhas de dejetos. Quando chegou à Statler, a pensão na rua 99, os moradores tinham aberto um caminho até a porta da frente em meio a duas pilhas monstruosas de lixo. Ratos corriam para lá e para cá. Se você quisesse invadir um dos cômodos do segundo andar, bastava escalar o lixo.

O gerente entregou a ele uma chave para um cômodo nos fundos, quatro andares acima. Chapa elétrica para esquentar a comida e banheiro no fim do corredor. Um dos caras com quem ele trabalhava em Baltimore falou do hotelzinho e fez parecer que era um horror. Não era tão ruim. Já tinha ficado em lugares piores. Depois de uns dias, ele comprou um desinfetante no mercado e assumiu ele mesmo a limpeza do vaso e do boxe. Os outros não estavam nem aí — era esse tipo de lugar. Ele já tinha lavado privadas sujas muitas vezes, em diversos lugares.

De joelhos e de cara para o fedor. Bem-vindo a Nova York.

Lá embaixo, na Broadway, Denise passou pelo trecho que ele via do seu poleiro. Da rua, o canteiro parecia limpo na maior parte dos dias. Lá de cima, você via por cima dos galhos das árvores e enxergava o lixo se acumulando nas grades de ventilação do metrô e nas pedras do calçamento. Sacolas de papel, garrafas de cerveja e tabloides. Agora a porcaria estava em toda parte, à deriva. Com a greve, todo mundo estava vendo o que ele via o tempo todo: que a cidade era uma bagunça.

Ele apagou o cigarro na xícara de chá e foi até o sofá sem fazer soar nenhum gongo. Desde que ele começou a ter problemas nas costas, ele se sentia bem e se mexia rápido demais e, aí, *blam* — uma explosão na espinha. *Blam* sentado no vaso, *blam* pegando as calças no chão. Ele gania que nem um cachorro e ficava em posição fetal no chão por uns minutos. O frio da lajota do banheiro na pele. A culpa era dele. Sabe-se lá o que tinha naquelas gavetas e nas caixas. Uma vez, quando estavam fazendo a mudança de um ucraniano velho — um policial que recebeu a aposentadoria e decidiu ir embora para a Filadélfia, onde tinha uma sobrinha —, ele se abaixou para erguer uma mesinha de cabeceira e a coluna estourou. Larry disse que deu para ouvir do corredor. O policial guardava os halteres ali. Cento e cinquenta quilos em halteres, para caso ele sentisse um desejo súbito de fazer exercício no meio da noite. Da última vez, o que estourou as costas dele foi uma escrivaninha que parecia inofensiva, mas ele vinha fazendo horas extras para ganhar uma grana. Sonolento e desleixado.

"Tem que tomar cuidado com essas merdas dinamarquesas modernas", disse Larry. Quando Denise voltasse, ele ia pedir que ela enchesse mais uma garrafa de água quente, enquanto estivesse na cozinha preparando mais rum com Coca.

Na maioria das noites, a quadra ficava barulhenta com o som da salsa; porém, essa noite estava ainda pior. Todo mundo estava com as janelas abertas por causa do calor, e, além disso, era véspera do Quatro de Julho, então a maioria das pessoas tinha tirado o dia de folga. Se as costas dele não estivessem tão ruins, eles iriam para Coney Island ver os fogos de artifício, mas hoje ficariam em casa e assistir a *Acorrentados* no canal 4. Sidney Poitier e Tony Curtis, dois condenados presos por correntes um ao outro fugindo pelo pântano, escapando de cães de caça e de policiais com cara de palermas mas armados. Bobagem hollywoodiana, mas ele sempre via o filme quando passava, em geral de madrugada, e Denise gostava do Sidney Poitier.

Os cômodos da casa eram mobiliados com sobras do trabalho. Uma espécie de mostruário da mobília dos nova-iorquinos vinda de todo canto da cidade, num revezamento, coisas novas chegando e coisas velhas saindo. A cama queen size com o colchão duro como ele gostava, a cômoda com os puxadores estilosos de latão, todas as luminárias e os tapetes. As pessoas jogavam muita coisa fora quando se mudavam — às vezes, elas estavam mudando não apenas de casa, mas de personalidade. Subindo ou descendo na "pirâmide social". Pode ser que a cama não caiba na nova casa, ou que o sofá seja muito quadradão, ou então são recém-casados que colocaram uma sala nova na lista de presentes. Um monte das famílias que morava nessas áreas quase só de brancos e que vão para os subúrbios de Long Island e Westchester estão começando de novo — deixando a cidade para trás, o que significa se livrar de como viam a si mesmos. Ele e o restante da equipe da Mudanças Horizonte tinham preferência para pegar as coisas antes de o sujeito que revendia o que ficava para trás pôr a mão no resto. O sofá em que ele está agora é seu décimo segundo em sete anos. Passando sempre para algo melhor. Uma das regalias de se trabalhar para uma empresa de mudanças, apesar de eventualmente ser um inferno para as costas.

Embora catasse peças de mobília como um nômade, ele tinha criado raízes. Depois da casa da infância, aquele era o lugar em que tinha morado por mais tempo. Começara o período nova-iorquino numa pensão, e ficou lá por uns meses até conseguir um emprego na 4 Brothers lavando pratos. Ele se mudou bastante — norte da cidade, Harlem Espanhol — até ficar sabendo do trabalho na Horizonte, emprego fixo, e desceu aqui para a rua 82 com a Broadway. Ele sabia que ia ficar com o apartamento assim que o dono abriu a porta: aqui. Quatro anos e ainda não pensava em sair.

— Agora eu sou de classe média — brincava consigo mesmo. Até as baratas eram de um tipo mais nobre, fugindo quando ele acendia a luz do banheiro, em vez de ignorar sua presença. Ele encarava o pudor delas quase como um toque de classe.

Denise voltou.

— Você me ouviu lá fora? — Ela foi para a cozinha e picou o gelo com uma faca de manteiga.

— O quê?

— Um rato passou por cima do meu pé e eu gritei. Aquilo fui eu — disse ela.

Denise era alta e durona ao estilo do Harlem e podia ter jogado basquete num campeonato feminino. Uma dessas moças da cidade que não tem medo de nada. Ele já vira Denise xingar um desses idiotas bombadões que sussurrou alguma bobagem quando ela passou na rua. Ela colocou o dedo na cara no sujeito, mas um rato fazia ela gritar que nem uma menininha. Denise definitivamente não era uma menininha, então, quando deixava aquele lado transparecer, era sempre uma surpresa. Ela morava na rua 126 perto de um terreno baldio, e o calor e, agora, o lixo faziam o terreno ficar mais agitado do que o normal. Os cretinos estavam em todo lugar, saindo dos seus esconderijos subterrâneos. Ela disse que viu um rato grande como um cachorro ontem à noite. "E latiu que nem um cachorro também." Ele falou que talvez fosse um cachorro, mas ela falou que não ia voltar para lá hoje, e ele ficava feliz de ela estar aqui.

As aulas dela de quarta à noite foram canceladas por causa do Quatro de Julho. Ele também estava de folga naquela tarde, dormindo, quando ela entrou e foi para a cama com ele. Os grandes brincos prateados de Denise na mesinha de cabeceira — cortesia da família Atkinson, saindo da Turtle Bay para a York Avenue, três crianças, um cachorro e um conjunto de jantar Gimbels — fizeram Elwood acordar. A essa altura, ela sabia o lugar nas costas onde ele sentia dor, e massageou, e disse para o homem se virar, e ficou por cima dele. O quarto estava cinco graus mais quente quando eles terminaram e ficaram bem encaixados um no outro. Rum morno com Coca ajudou por um tempo e depois parou de ajudar e era hora de comprar gelo.

Eles se conheceram na escola da rua 131. À noite, davam aulas para adultos lá. Ele estava tentando conseguir um diploma de ensino médio, e ela ensinava inglês para dominicanos e poloneses na sala ao lado. Ele esperou o curso terminar antes de chamar Denise para sair. Conseguiu o diploma e estava orgulhoso, e foi um daqueles momentos que faz você perceber que não tem ninguém na sua vida que se importe com as vitórias ocasionais. Fazia tempo que ele pensava em terminar o ensino médio. Cuidava daquela ideia como se fosse a chama de uma vela que ele protegia do vento com as mãos. Ele sempre via os anúncios no metrô — Complete os estudos em aulas noturnas do seu jeito — e ficou tão feliz por conseguir aquele pedaço de papel que pensou *Foda-se*, e foi andando na direção dela. Grandes olhos castanhos e um monte de sardas no nariz. *Do seu jeito*. Era raro ele fazer as coisas de outra maneira.

Perguntou se ela queria sair um dia desses e ela respondeu que não. Ela estava com alguém. Um mês mais tarde, ela ligou para ele e os dois foram num restaurante cubano-chinês.

Denise levou o rum com Coca e gelo.

— E comprei uns sanduíches para a gente — disse ela.

Ele arrumou a bandeja que tinha sido deixada para trás quando o sr. Waters se mudou da Amsterdã Avenue para a Arthur Avenue, no Bronx. Quando dobrada, ela cabia direitinho entre o sofá e o aparador, simples assim. Prêmio Nobel de Física para o cara que inventou aquilo.

— Eles precisam se mexer e tirar esse troço todo da rua — falou Denise da cozinha. — O Beame devia pegar o telefone e falar com essa gente.

Denise achava que o prefeito era um vagabundo, mas ela gostava da greve pela oportunidade que lhe dava de reclamar. Ela fez uma lista de queixas enquanto ele ajeitava a antena da TV na melhor posição para o canal 4. Para começar, ela falava do cheiro — comida apodrecendo e produtos de limpeza que os zeladores jogavam em cima daquilo. Os produtos de limpeza eram para os enxames de moscas que sobrevoavam as pilhas de lixo numa névoa nojenta e para os insetos que se contorciam na calçada. E, além de tudo, tinha a fumaça. Gente tacando fogo no lixo para se livrar dele — Elwood não entendia isso, e se considerava um estudante do animal humano —, e a brisa leve entre os prédios carregava a fumaça para todo lugar. Os carros de bombeiros uivavam se espalhando pela cidade nas avenidas e ruas menores.

Isso tudo, mais os ratos.

Ele suspirou. Em toda discussão, ele ficava contra o sistema. Era sua regra número um. Policiais e políticos, grandes empresários e juízes, os vários tipos de filho da puta que mexiam os pauzinhos.

— Eles estão com o cara na mão, deviam fazer ele ficar de quatro — respondeu. — São trabalhadores. — O prefeito Beame, Nixon e toda a bobajada dele, isso quase era suficiente para fazer com que ele fosse votar. Mas Elwood evitava o governo sempre que possível para não forçar a pouca sorte que tinha.

— Por que você não se senta, meu bem? — disse ele. — Deixa que eu faço isso.

— Já fiz tudo. — Denise até colocara a chaleira para ferver. Ela assobiou.

Fumaça de lixo queimado entrou pela janela e ele abriu a janela do quarto para o ar circular melhor. Ela tinha razão. Ia ser uma confusão se aquela greve durasse tanto tempo quanto a outra. Estava terrível lá fora. Mas era bom que o resto da cidade visse o tipo de lugar em que realmente viviam.

Que tentassem o ponto de vista dele para variar. Vamos ver se gostavam.

O âncora do noticiário deu a previsão do tempo para o fim de semana e fez uma breve atualização da greve — "as negociações continuam" — e falou para os espectadores continuarem ligados para ver o filme a seguir.

Ele bateu o copo dela com o dele.

— Agora você está casado comigo. Essa é nossa aliança.

— O quê?

— É do filme. O Sidney Poitier fala isso, segurando as correntes que o prendem ao homem branco.

— Você devia tomar cuidado com o que diz.

Claro, o diálogo mudava dependendo de quem dizia e de quem ouvia. Como no final do filme. Por um lado, nenhum dos presos conseguia fugir. Ou você vê de outra forma, e cada um deles poderia ter se libertado se deixasse o outro morrer. Pode ser que não importasse — eles estavam fodidos de qualquer maneira. Ele parou de ver o fim do filme uns anos depois quando percebeu que assistia a ele não por ser meio cafona, ou porque eles não entendiam as coisas direito, ou porque aquilo marcava até onde ele tinha chegado, mas porque assistir ao filme fazia com que ele ficasse triste, e uma parte meio insana dele queria sentir aquela tristeza. A uma certa altura, aprendeu que o melhor era evitar as coisas que o deixavam deprimido.

Naquela noite, porém, ele não viu o fim do filme porque Denise usava uma saia jeans e as coxas grandes dela eram uma distração forte demais. Ele tomou a iniciativa quando começou a passar um comercial de antiácido.

Acorrentados, depois sexo, depois dormir. Carros de bombeiro durante a noite. Amanhã de manhã, ele precisava sair logo depois de acordar, com ou sem dor nas costas, porque às dez ia encontrar o sujeito e comprar o furgão. Ele tinha um rolo de cédulas enfiado na bota debaixo da cama e sentiria falta da satisfação de acrescentar vinte dólares a ele a cada dia de pagamento. Rasgou o anúncio na lavanderia para ninguém chegar na frente dele: uma Ford Econoline 67. Precisava de acabamento, polimento, mas os caras da rua 125 deviam uma para ele. E, aí, ele ia complementar o trabalho na Horizonte com os próprios serviços. No fim de semana também, levando o Larry para que pudesse pagar a ex-mulher. Não dava para contar com o departamento de limpeza urbana, mas as reclamações de Larry sobre a pensão para o filho eram tão confiáveis quanto a U.S. Steel.

Ele decidiu chamar a sua empresa de Ás Mudanças. O nome AAA já era de alguém, e ele queria estar no início da lista telefônica. Isso foi seis meses antes de ele perceber que escolheu o nome por causa da sua época no Nickel. Ás: solto no mundo livre para andar em zigue-zague.

CAPÍTULO DOZE

Havia quatro jeitos de sair do Nickel.
Um: cumprir a pena. Em geral, uma sentença ficava entre seis meses e dois anos, mas a administração tinha o poder de liberar o interno antes disso. Bom comportamento era o gatilho para uma liberação antecipada, caso o garoto acumulasse pontos suficientes para ser promovido a Ás. Quando isso acontecia, o menino era devolvido ao seio da família, que ficava feliz por tê-lo de volta ou estremecia ao ver o rosto dele se aproximando na rua, o começo de mais uma contagem regressiva para a próxima calamidade. Isso se você tivesse família, claro. Se não, o aparato de assistência à infância da Flórida tinha vários meios de oferecer custódia, alguns mais agradáveis do que outros.

Você podia também encerrar a pena ao chegar à idade máxima. O reformatório mostrava a porta de saída aos meninos quando eles completavam 18 anos, com um breve aperto de mãos e alguns trocados. Livres para voltar para casa ou para abrir caminho em meio ao mundo indiferente, provavelmente já tendo desviado de uma das mais difíceis trilhas da vida. Os garotos chegavam deformados de várias maneiras diferentes ao Nickel e, durante a passagem pela escola, recebiam mais alguns danos. Era comum que erros mais graves e instituições mais ferozes estivessem à espera. Os garotos do Nickel se fodiam antes, durante e depois da passagem pelo instituto, se fosse preciso caracterizar a trajetória de modo geral.

Dois: o Judiciário poderia intervir. Aquele evento mágico. Uma tia há muito perdida ou um primo mais velho se materializava para tirar o peso da custódia do governo. O advogado contratado pela mãe querida, caso ela tivesse como pagar, pedia clemência com base em novas circunstâncias: *Agora que o pai dele se foi, precisamos de alguém para trazer o pão para casa.* Pode ser que o juiz encarregado do caso — fosse um novo ou o mesmo de antes — interferisse pelos próprios motivos. Por exemplo, dinheiro entrando na conta. Mas se houvesse dinheiro para suborno, o menino não teria sido jogado no Nickel, para início de conversa. Mesmo assim, a Justiça era corrupta e caprichosa em graus diversos e, às vezes, um menino saía graças a algo que passava por intervenção divina.

Três: você podia morrer. Inclusive de "causas naturais", ainda que estimulada por condições insalubres, desnutrição e uma impiedosa constelação de negligências. No verão de 1945, um menino morreu de parada cardíaca enquanto estava trancado numa "caixa de suor", uma punição comum na época, e o médico que o examinou classificou como causa natural. Imagine cozinhar dentro de uma caixa de ferro até o seu corpo desistir, comprimido. Gripe, tuberculose e pneumonia também matavam, assim como acidentes, afogamentos e quedas. O incêndio de 1921 matou 23 pessoas. Metade das saídas dos dormitórios estava trancada e os dois meninos que estavam nas celas escuras do terceiro andar não tiveram como escapar.

Os garotos mortos foram enterrados na Cidade dos Pés Juntos ou entregues aos cuidados das famílias. Algumas mortes eram mais nefastas do que outras. Cheque os registros do reformatório, ainda que eles estejam incompletos. Concussão, tiro de espingarda. Na primeira metade do século XX, garotos que tinham sido alugados para famílias da região às vezes acabavam mortos. Internos eram mortos em "saídas não autorizadas". Dois garotos foram atropelados por caminhões. Essas mortes nunca foram investigadas. Os arqueólogos da Universidade do Sul da Flórida perceberam que as taxas de mortalidade daqueles que tentaram múltiplas fugas eram maiores do que as daqueles que não tentaram. Faz você especular. No entanto, o cemitério secreto mantinha seus segredos protegidos.

Quarto: por fim, você podia fugir. Fazer uma tentativa e ver no que dava.

Alguns meninos escaparam rumo a futuros silenciosos com nomes diferentes em outros lugares, vivendo nas sombras. Temendo pelo restante da vida o dia em que o Nickel os encontraria. O mais normal era que os fugitivos fossem capturados, levados para um passeio na Fábrica de Sorvete, depois jogados numa cela escura por algumas semanas para ajuste de conduta. Era loucura fugir e era loucura não fugir. Como seria possível para um garoto olhar para além da divisa do terreno, ver o mundo livre cheio de vida diante de si e não pensar em correr para a liberdade? Escrever a própria história, uma vez na vida. Proibir a ideia da fuga, mesmo que aquele pensamento da fuga fosse leve como uma borboleta, equivalia a matar a humanidade da pessoa.

Um fugitivo famoso do Nickel foi Clayton Smith. A história dele foi contada por anos. Os supervisores e funcionários faziam questão de manter sua longevidade.

Aconteceu em 1952. Clayton não era o fugitivo mais provável. Não era brilhante, forte, provocador ou espirituoso.

Ele simplesmente não tinha disposição para suportar. Sofrera bastante antes de pisar no campus, mas o Nickel ampliou e refinou a crueldade do mundo, abrindo os seus olhos para comprimentos de onda mais sombrios. Se ele tinha passado por tudo aquilo nos seus 15 anos, o que mais haveria pela frente?

Os homens da família de Clayton eram bem parecidos. O pessoal da vizinhança reconhecia de imediato quando via um deles pelo perfil aquilino, pelos olhos castanho-claros, pelo modo agitado de mexer as mãos e as bocas ao falar. As semelhanças continuavam abaixo da pele, pois os homens da família Smith não tinham sorte nem viviam muito. No caso de Clayton, não havia como ignorar a semelhança.

O pai de Clayton teve um infarto quando o menino tinha 4 anos. A mão dele era uma garra no lençol, a boca escancarada, os olhos abertos. Aos 10, Clayton saiu da escola para trabalhar nas plantações de laranja, seguindo o caminho dos seus três irmãos e das duas irmãs. O caçula da família, fazendo a sua parte. A saúde da mãe se deteriorou depois de uma pneumonia, e a Flórida assumiu a custódia. Separou as crianças. Em Tampa, ainda chamavam o Nickel de Escola Industrial da Flórida para Garotos. Tinha a reputação de melhorar o caráter dos rapazes, independente de ser um mau elemento ou de não ter para onde ir. As irmãs mais velhas escreviam cartas que os colegas mais velhos liam para ele. Os irmãos viviam para lá e para cá.

Clayton nunca aprendeu a brigar, não com irmãos mais velhos por perto para intimidar os valentões. No Nickel, ele se saía mal nos conflitos. O único momento em que se sentia bem e tranquilo era quando trabalhava na cozinha, descascando batatas. O ambiente era silencioso e ele tinha um sistema. O responsável pelo Roosevelt na época era um sujeito chamado Freddie Rich, e seu currículo era um mapa de crianças desamparadas. A casa Mark G. Giddins, a Escola Gardenville para Rapazes, o orfanato St. Vincent em Clearwater. O reformatório Nickel. Freddie Rich identificava os candidatos por sua postura, os arquivos da administração reforçavam o argumento, e o modo como os outros meninos os tratavam eram a confirmação final. Ele aprendeu a lidar rápido com o jovem Clayton, os dedos tendo encontrado duas vértebras que diziam ao garoto: *Agora*.

O quarto de Freddie Rich ficava no terceiro andar do Roosevelt, mas ele preferia levar as suas presas para o porão da escola dos brancos, mantendo a tradição do reformatório. Depois da última viagem até o Beco do Amor, Clayton não aguentou. Os dois supervisores que o viram atravessar o campus naquela noite estavam acostumados a ver o menino voltar para o dormitório desacompanhado. Deixaram que ele passasse. O garoto tinha uma certa vantagem.

O plano envolvia sua irmã Bell, que tinha ido para um abrigo para meninas na periferia de Gainesville. Ao contrário do restante da família, ela estava em melhores condições. As pessoas que administravam o local eram gentis e esclarecidas em questões raciais. Nada de pilar milho, nada de vestidos esfarrapados. Ela voltou a estudar e só trabalhava nos fins de semana, quando as meninas do seu abrigo faziam consertos em roupas. Quando tivesse idade para isso, ela escreveu para Clayton, iria atrás dele e os dois ficariam juntos de novo. Bell tinha dado banho e vestido o menino quando ele era pequeno, e toda a noção de conforto que ele tinha na vida era uma alusão àqueles primeiros dias que ele mal lembrava. Na noite da fuga, Clayton chegou até a beira do pântano, onde o bom senso mandou que ele entrasse na água escura, mas não conseguiu fazer isso. Ameaçador demais, levando em conta os fantasmas, a escuridão e a sinfonia animal de sexo e agressão. A escuridão sempre apavorou Clayton, e só Bell conhecia as músicas que o confortavam, aninhando a cabeça dele no colo enquanto ele girava as tranças dela nos dedos. Ele foi para o leste em direção à divisa dos campos de limoeiros até chegar à Jordan Road.

Ele rastejou pela floresta ao longo da estrada do nascer do dia até a tarde. A cada carro que passava, ele se escondia na vegetação rasteira. Quando não conseguia dar mais nem um passo, ele se escondeu debaixo de uma casa cinzenta solitária e se agachou na água fétida do espaço sob o piso. Os insetos se banquetearam nele, e Clayton acariciava os caroços da pele para ver quanto era possível aliviar sem coçar e abrir as feridas. A família voltou para casa, uma mãe, um pai e uma adolescente de quem ele só viu pés e joelhos. A menina estava grávida, ele soube, e isso fez os ânimos se acirrarem. Ou então a casa sempre fora uma tempestade e o clima continuava como sempre. Rastejou para fora quando a discussão parou e os habitantes da casa foram dormir.

A margem da rodovia era escura e assustadora, e o menino não tinha ideia da direção em que estava indo, mas não estava preocupado. Enquanto não ouvisse cães farejadores, estava seguro. Na verdade, os cães tinham sido levados para outro lugar, para tentar encontrar três fugitivos de Piedmont, e Freddie Rich só relatou o desaparecimento de Clayton depois de 24 horas, assustado como um rato numa armadilha, temendo que sua vida de predador fosse descoberta. Ele tinha sido demitido de outros empregos e gostava das recompensas fáceis do cargo atual.

Clayton já tinha ficado sozinho em algum momento da vida? Quando moravam naquela rua sem saída em Tampa, os irmãos e as irmãs estavam sempre por perto, todos amontoados nos três quartos da raquítica casa. Depois o Nickel com suas degradações comunitárias. Ele não estava acostumado a tanto tempo só com seus pensamentos, que chacoalhavam no crânio como dados. Não tinha pensado num futuro além do reencontro com a família. No terceiro dia, bolou um cenário — alguns anos como cozinheiro, depois economizar para ter o próprio restaurante.

Logo depois de Clayton começar a colher laranjas, o Chet's Drive-In abriu num pedaço em que o asfalto estava em ruínas na rodovia local. Ele olhava pelas frestas da carroceria do caminhão a caminho do trabalho, esperando por aquela explosão de vermelho, branco e azul da fachada do restaurante e da marquise de aço. Eles penduraram as faixas, os cartazes brotaram ao longo da estrada para criar expectativa, e então o lugar abriu: Chet's. Jovens garçons e garçonetes brancos usavam macacões bonitos listrados de verde e branco e sorriam enquanto faziam a travessia de sanduíches e milk-shakes para o estacionamento. Os macacões bonitos eram cifras de virtudes — diligência, autoconfiança. Os carros chiques e as mãos se estendendo para fora das janelas para receber a comida. Era inspirador.

Verdade, Clayton jamais havia comido num restaurante e superestimava a grandiosidade do lugar. Pode ser que a fome nutrisse a ideia de ser o dono de uma lanchonete. Enquanto fugia, a visão do seu restaurante — andar entre os fregueses perguntando se tinham gostado da comida, conferindo a féria do dia no escritório, como vira nos filmes — ia junto com ele.

No quarto dia, achou que estava longe o suficiente para pedir carona. O macacão do Nickel e a camisa de trabalho chamavam atenção. Ele pegou roupas de um varal depois de ver uma picape velha se afastar de uma casa branca e grande em uma fazenda. Rondou a casa por um tempo e pegou o macacão e uma camisa quando achou que era seguro. Uma mulher no segundo andar viu quando ele saiu correndo do mato e pegou as roupas. As roupas tinham sido do marido dela, que morreu, e foram reaproveitadas pelo neto. Ela ficou feliz de ver as roupas sendo levadas, porque era doloroso ver outra pessoa vestindo aquilo, especialmente o menino do seu filho, que era cruel com os animais e falava muito palavrão.

Ele não se importava com o destino da carona desde que o levasse para um lugar a algumas horas de distância. Clayton estava morrendo de fome. Nunca tinha ficado tanto tempo sem comer e não sabia como resolver aquilo. Contudo, o mais importante era a distância. Não passavam muitos carros, e os rostos brancos davam medo, apesar de ele ser corajoso o suficiente para ir ao asfalto. Não havia motoristas negros; talvez os negros não tivessem carros naquela parte do estado. Ele acabou se forçando a estender o polegar quando um Packard branco com detalhes em azul-escuro passou. Não dava para ver o motorista, mas o Packard foi o primeiro carro que ele aprendeu a reconhecer e o menino gostava do modelo.

O motorista era um sujeito de meia-idade com um terno creme. Claro que era branco, como não poderia ser, com um carro daqueles? Ele dividia o cabelo louro e tinha quadrados grisalhos nas têmporas. Os olhos mudavam de azul para branco-gelo atrás dos óculos com armação de arame, dependendo do sol.

O sujeito olhou Clayton de cima a baixo. Fez um gesto para que ele entrasse.

— Para onde você vai, garoto?

Clayton disse a primeira coisa que lhe veio à cabeça:

— Richards. — O nome da rua em que ele se criou.

— Não conheço — respondeu o branco. Ele mencionou uma cidade da qual Clayton jamais tinha ouvido falar e disse que o levaria até lá.

Clayton nunca havia entrado num Packard. Ele passou a mão no tecido perto da coxa direita, onde o sujeito não tinha como ver: era ondulado e suave. Ficou imaginando o labirinto de pistões e válvulas debaixo do capô, como seria ver os bons homens da fábrica montando aquilo.

— Você mora lá, menino? — perguntou o sujeito. — Em Richards? — Ele parecia educado.

— Sim, senhor. Com a minha mãe e o meu pai.

— Ah — falou o sujeito. — Como você se chama?

— Harry — disse Clayton.

— Pode me chamar de sr. Simmons. — O branco acenou com a cabeça como se eles tivessem chegado a um acordo.

Eles seguiram pela estrada por um tempo. Clayton só ia falar se falassem com ele e manteve os lábios cerrados para evitar que alguma tolice escapasse. Agora que não eram seus dois pés que o levavam adiante, ele ficou agitado e começou a procurar carros de polícia. Repreendeu a si mesmo por não ter ficado escondido por mais tempo. Ele visualizou Freddie Rich à frente da turba, segurando uma lanterna, o sol batendo no grande cinto de búfalo que Clayton conhecia tão bem — de vê-lo, de ouvi-lo bater no chão de concreto. As casas foram ficando mais próximas umas das outras, e o Packard foi mais devagar por uma espécie de rua principal, o garoto se afundando no banco, mas tentando não deixar que o homem percebesse. Depois, eles voltaram para a estrada silenciosa.

— Quantos anos você tem? — indagou o sr. Simmons. Eles tinham acabado de passar por um posto da Esso fechado, as bombas enferrujadas transformadas em espantalhos, e uma igreja branca perto de um pequeno cemitério. O solo tinha se assentado, deixando as lápides desalinhadas, o que transformou o cemitério numa boca cheia de dentes apodrecidos.

— Quinze — respondeu Clayton. Ele percebeu quem aquele homem parecia: o sr. Lewis, o antigo senhorio da família. Melhor pagar o aluguel no dia primeiro ou, no dia seguinte, você já estava na rua. Sentiu enjoo. Cerrou o punho. Ele sabia o que fazer se o homem colocasse a mão na sua perna ou tentasse encostar na sua coisa. Ele tinha prometido socar Freddie Rich na cara várias vezes e aí ficava paralisado quando o momento chegava, mas, naquele dia, tinha a impressão de que conseguiria agir. Tirando forças do mundo livre.

— Você está na escola?

— Sim, senhor.

Era uma terça-feira, ele tinha quase certeza. Contou de novo. Freddie Rich gostava de se encontrar com ele nas noites de sábado. *Não custavam um níquel e você ainda se divertia muito.*

— A educação é muito importante — disse o sr. Simmons. — Abre portas. Sobretudo para o seu povo.

O momento passou. Clayton estendeu os dedos sobre o estofado como se estivesse com a mão sobre uma bola de basquete.

Quantos dias até chegar em Gainesville? Ele se lembrava do nome do abrigo de Bell — Senhorita Mary —, mas teria que perguntar. Que tipo de cidade era Gainesville? Tinha muita coisa no plano que ele precisava decidir antes de se estabelecer por conta própria. Bell inventaria sinais secretos e lugares para eles se encontrarem que só ela conheceria. Ela era esperta. Levaria um bom tempo antes de Bell voltar a pôr Clayton para dormir e dizer para ele as coisas que faziam tudo ficar bem, mas o garoto podia esperar por isso se ela estivesse por perto. "Fique tranquilo, Clayton..."

Era nisso que ele estava pensando quando o Packard passou pelas colunas de pedra na entrada do Nickel. O sr. Simmons tinha acabado de sair do posto de prefeito de Eleanor, mas continuava sendo membro do conselho e continuava informado sobre a vida do reformatório. Três alunos brancos que estavam a caminho da oficina de metalurgia viram Clayton sair do carro, mas não sabiam que aquele era o menino que tinha fugido, e, à meia-noite, o ventilador, aos berros, deu a notícia para os meninos semiadormecidos, mas não contou quem estava ganhando sorvete. Naquela época, os garotos não sabiam que, quando um carro saía em direção ao aterro da escola no meio da noite, significava que o cemitério secreto daria as boas-vindas a um novo residente. Foi Freddie Rich quem fez a história de Clayton Smith chegar aos alunos, quando contou o caso ao seu novo menino para lhe ensinar uma lição.

Você podia fugir e esperar não ser encontrado. Alguns conseguiam. Mas a maioria não.

Havia um quinto modo de sair do Nickel, segundo Elwood. Ele bolou aquilo depois de uma visita da avó. Era uma tarde quente de fevereiro, e as famílias se reuniram em mesas de piquenique do lado de fora do refeitório. Alguns garotos eram da região e suas mães e seus pais apareciam todo fim de semana com sacolas de comida, meias novas e notícias da vizinhança. No entanto, os alunos vinham de toda a Flórida, de Pensacola até Keys, e a maior parte das famílias tinha que viajar bastante se quisesse ver os filhos rebeldes. Viagens longas em ônibus lotados, suco quente e migalhas de sanduíche caindo do papel encerado sobre o colo. O trabalho dificultava e a distância tornava as visitas impossíveis, e alguns alunos achavam que suas famílias tinham simplesmente lavado as mãos. No dia de visita, depois do trabalho, os funcionários informavam os meninos se havia ou não alguém subindo a colina, e, caso não houvesse ninguém, os garotos se mantinham ocupados jogando nos campos, ou se distraíam nas mesas da oficina de carpintaria ou na piscina — os brancos de manhã, os negros à tarde — e desviavam o olhar do local dos encontros mais acima.

Harriet fazia o trajeto até Eleanor duas vezes por mês, mas tinha perdido a última visita porque estava doente. Ela mandou uma carta contando a Elwood que estava com bronquite e mandou alguns artigos de jornal que achou que ele podia gostar, um relato de um discurso de Martin Luther King em Newark, Nova Jersey, e uma grande reportagem colorida sobre a corrida espacial. Ela parecia ter envelhecido anos, andando bem devagar em direção a ele. A doença havia tornado ainda mais frágil o seu corpo miúdo, as clavículas traçando uma linha que cruzava o vestido verde. Quando viu Elwood, ela parou e deixou que o neto se aproximasse para um abraço. Isso permitiu que ela tivesse um momento de descanso antes dos últimos passos até a mesa de piquenique que o rapaz havia reservado.

Elwood abraçou a vó por mais tempo que o normal, aninhado no ombro dela. Depois se lembrou dos outros meninos e recuou. Era melhor não revelar tanto sobre si. Foi uma longa espera pelo retorno da idosa, e não só porque ela tinha prometido notícias para a próxima vez que viesse de Tallahassee.

A vida dele no Nickel havia diminuído de velocidade até se tornar uma obediência arrastada. No período depois do Ano-novo, nada de novo aconteceu. As entregas em Eleanor completaram mais alguns ciclos de visitas aos fregueses, e Elwood sabia exatamente o que esperar em cada parada, chegando até mesmo a lembrar a Harper que esta quarta era o Top Shop e o beatnik do restaurante, do mesmo modo como ajudava o sr. Marconi na época da tabacaria. Os dormitórios estavam mais silenciosos do que em qualquer momento do outono. Brigas e confusões eram raras, e a Casa Branca continuava vazia. Quando ficou claro que o Earl não ia bater as botas, Elwood e Desmond perdoaram Jaimie. Na maior parte das tardes, eles jogavam Banco Imobiliário, transformando o jogo numa conspiração de regras da casa, pactos obscuros e vingança. Botões substituíam os pinos do jogo, que haviam sido perdidos.

Quanto mais rotineiros eram os dias, mais incontroláveis eram as noites. Ele acordava depois da meia-noite, quando o dormitório estava morto, assustado com sons imaginários — passos na soleira da porta, couro batendo no teto. O menino apertava os olhos para ver na escuridão — nada. Depois ficava acordado por horas, enfeitiçado, agitado por pensamentos frágeis e enfraquecido por um refluxo do espírito. Não foi Spencer quem arruinou Elwood, nem um supervisor, nem um novo antagonista dormindo no quarto 2; na verdade, foi ele que desistiu de lutar. Ao manter a cabeça baixa, ao navegar com cuidado para chegar ao momento do apagar das luzes sem que nada de ruim acontecesse, ele se enganava pensando que havia vencido. Que tinha sido mais esperto que o Nickel por ir em frente e se manter longe de problemas. Na verdade, ele fora aniquilado. Ele era como um daqueles negros que o dr. King mencionava na sua carta da prisão, tão complacente e sonolento depois de anos de opressão que se adaptara a ela e aprendera a dormir nela como sendo a sua única cama.

Em momentos menos gentis, ele incluía Harriet nessa definição. Agora a aparência dela colaborava para isso, tão encolhida quanto ele. Um vento que ficava mais suave depois de soprar em rajadas desde que você se deu por gente.

— Posso me apertar aí com vocês?

Burt, outro menino do Cleveland, um dos joões, queria dividir a mesa de piquenique. A mãe de Burt agradeceu e sorriu. Ela era nova, talvez 25 anos, com o rosto redondo, franco. Atormentada, mas graciosa, a mulher brincava com a irmãzinha de Burt, que se agachou no colo dela gritando para os insetos. As festinhas e as brincadeiras deles distraíram Elwood enquanto a avó falava. Eles eram ruidosos e felizes — Elwood e a avó estavam ao lado num silêncio de igreja. Burt era um garoto indisciplinado, mas, até onde Elwood vira, de bom coração. Ele não conhecia bem o menino nem os seus problemas, mas era possível que ele endireitasse ao sair dali. A mãe estava à espera dele no mundo livre e isso era algo poderoso. Era mais do que a maioria dos meninos dali tinha.

A avó de Elwood podia não estar mais lá quando ele saísse. Isso nunca tinha passado pela cabeça dele antes. Ela quase nunca adoecia, e, quando isso acontecia, se recusava a ficar de cama. Era uma sobrevivente, mas o mundo estava derrubando-a aos poucos. O marido morreu jovem, a filha desapareceu no Oeste, e agora o único neto fora condenado a morar naquele lugar. Ela tinha engolido a porção de infelicidade que o mundo lhe servira, e agora estava lá, sozinha na Brevard Street, a família tirada dela um a um. Ela podia não estar lá.

Elwood sabia que a avó trazia más notícias porque ela ficou falando por mais tempo do que o de costume sobre as novidades da vizinhança, em Frenchtown. A filha da Clarice Jenkins entrou na Spelman, Tyrone Jones estava fumando na cama e tacou fogo a casa, uma chapelaria nova abriu na Macomb. Ela contou um pouquinho sobre o movimento:

— O Lyndon Johnson vai levar em frente o projeto de direitos civis do presidente Kennedy. Vai levar para o Congresso. E se aquele sulista estiver fazendo tudo direitinho, você sabe que as coisas vão mudar. Vai ser tudo bem diferente quando você voltar para casa, Elwood.

— O seu dedo está sujo — disse Burt. — Tira ele da boca! Use o meu dedo em vez do seu. — Ele enfiou o dedo na cara da irmã, que fez uma careta e deu uma risadinha.

Elwood se debruçou sobre a mesa e pegou as mãos da avó. Ele nunca tocara nela assim antes, como se estivesse tranquilizando uma criança.

— Vó, o que foi?

A maioria dos visitantes acabava chorando em algum momento, ao ver a bifurcação que levava ao Nickel, na hora de ir embora, de costas para os filhos. A mãe de Burt passou um lenço para a avó de Elwood. Ela se virou para secar os olhos.

Os dedos de Harriet tremiam; ele os aquietou.

O advogado foi embora, ela disse. O sr. Andrews, o advogado branco, simpático, educado, que estava tão otimista com o caso de Elwood, se mudou para Atlanta sem falar nada. E levou os duzentos dólares deles. O sr. Marconi deu mais cem depois de se encontrar com o homem, o que não era muito típico dele, verdade, mas o sr. Andrews tinha parecido determinado e convincente. O que eles tinham em mãos era um caso clássico de erro judicial. Depois de pegar o ônibus para o centro a fim de se encontrar com ele, Harriet encontrou o escritório do advogado vazio. O dono do imóvel estava mostrando o escritório para alguém interessado em alugar, um dentista. Olharam para ela como se a mulher não fosse nada.

— Eu decepcionei você, El — disse ela.

— Eu estou bem — respondeu ele. — Acabei de ser promovido a Explorador. — Ele manteve a cabeça baixa e foi recompensado. Exatamente como eles queriam.

Havia quatro jeitos de sair. Na agonia do seu próximo feitiço noturno, Elwood decidiu que havia uma quinta maneira. Se livrando do Nickel.

CAPÍTULO TREZE

Ele jamais perdia uma maratona. Não ligava para os vencedores, aqueles sujeitos meio Superman à caça de recordes mundiais, batendo os pés contra o asfalto de Nova York passando pelas pontes e avenidas extralargas dos distritos. Equipes de TV os seguiam em carros, dando zoom em cada gota de suor e nas veias saltando no pescoço, e policiais brancos de moto também, para evitar que malucos saíssem das calçadas e atrapalhassem os corredores. Esses caras recebiam aplauso suficiente, por que precisariam dele? O vencedor do ano passado foi um negro africano, do Quênia. Este ano foi um britânico branco. O mesmo tipo físico, a única diferença era a cor da pele — dê uma olhada naquelas pernas e você saberia que elas iriam parar no jornal. Profissionais, treinando o ano inteiro, voando pelo planeta para competir. Era fácil torcer para os vencedores.

Não, ele gostava dos tipos confusos, que chegavam meio andando ao quilômetro 37, a língua de fora como um labrador. Passando cambaleantes pela linha de chegada do jeito que dava, pés reduzidos a carne ensanguentada nos seus Nikes. Os retardatários e os coxos, que não estavam percorrendo o trajeto, mas, sim, fazendo uma profunda incursão em si mesmos — mergulhando na caverna para retornar à luz com os seus achados. Quando eles chegavam ao Columbus Circle, as equipes de TV já tinham ido embora, os copinhos de água e as garrafas de Gatorade estavam espalhados pelas ruas como margaridas num pasto, e os cobertores espaciais prateados voavam ao vento. Pode ser que tivesse alguém à espera deles e pode ser que não. Quem ia celebrar aquilo?

Os vencedores corriam sozinhos na frente, depois o trajeto se enchia com o pelotão, os zés-ninguém se acotovelando uns contra os outros. O que o atraía eram os corredores da retaguarda e as multidões nas calçadas e esquinas, aquelas turbas tão excêntricas e adoráveis que o convocavam do seu apartamento no norte da ilha usando uma força que ele só podia chamar de parentesco. Todo mês de novembro a corrida opunha seu ceticismo com os seres humanos ao fato de que eles estavam todos juntos naquela cidade suja, primos improváveis.

Os espectadores ficavam na ponta dos pés, barrigas raspando nas barreiras policiais de madeira azulada usadas em corridas, motins e visitas presidenciais, empurrando em busca de uma brecha para ver, nos ombros de pais e namorados. Em meio ao ruído das buzinas, dos assovios e das caixas de som do gueto explodindo com velhas melodias de calipso. "Vai!", "Você consegue!" e "Você vai chegar lá!" Dependendo da brisa, o ar trazia o cheiro dos carrinhos de cachorro-quente ou do sovaco cabeludo da moça de regata ao seu lado. E pensar naquelas noites no Nickel em que os únicos sons eram lágrimas e insetos, a forma como você podia dormir num quarto apinhado de sessenta meninos e ainda achar que era a única pessoa na Terra. Todo mundo ao seu redor e ninguém ao seu redor ao mesmo tempo. Aqui estava todo mundo ao redor e, por um milagre, você não queria torcer os pescoços das pessoas, mas dar um abraço nelas. A cidade inteira, gente pobre e tipos da avenida Park, pretos e brancos, porto-riquenhos, na sarjeta, segurando cartazes e bandeiras americanas e torcendo para pessoas que tinham sido suas rivais no dia anterior na fila do mercado, pegando o último assento vago no metrô, andando como uma morsa na calçada. Gente que concorria por apartamentos, por escolas, pelo próprio ar — todas aquelas animosidades conquistadas a duras penas e acalentadas deixavam de existir por umas poucas horas enquanto eles celebravam um rito de resistência e de sofrimento vicário. *Você consegue.*

Amanhã todos voltariam ao front, mas, nesta tarde, a trégua duraria até o último aplauso para o último competidor.

O sol já tinha se posto. Novembro decidira lembrar a todos que eles viviam agora em seu reino, mandando rajadas de vento. Ele saiu do parque na rua 66, passou correndo entre dois policiais a cavalo, como um peixinho preto minúsculo. Os espectadores que se dispersavam ficaram mais raros quando ele chegou a parte oeste do Central Park.

— Ei, cara! Ei, espera um pouco!

Como muitos nova-iorquinos, ele tinha um sistema de alerta para drogados e se virou, já se preparando.

O sujeito sorriu.

— Você me conhece, cara... Sou eu, o Chickie! Chickie Pete!

E era mesmo. O Chickie Pete, do Cleveland, agora um homem.

Não era muito comum ele esbarrar em gente dos velhos tempos. Uma das vantagens de morar no norte do país. Ele viu Maxwell uma vez numa competição de luta livre no Garden. Enquanto Jimmy "Superfly" Snucka lutava numa jaula de aço, voando pelo ar como um morcego gigante, Maxwell estava na fila de um dos quiosques de comida, perto o suficiente para que ele visse a cicatriz de quinze centímetros na testa que saltava sobre o olho e escavava o queixo. Certa vez, ele pensou ter visto o Birdy com suas pernas tortas na frente do Gristedes, com aquele mesmo cabelo encaracolado louro, mas o sujeito olhou na sua direção como se ele não estivesse ali. Como se estivesse disfarçado, atravessando a fronteira com documentos falsos.

— Como é que você está, cara? — O seu velho companheiro do Nickel usava um moletom verde dos Jets e calças de corrida vermelhas um pouco grandes demais, emprestadas.

— Vou indo. Você parece bem. — Ele leu bem o clima. O Chickie não era drogado, mas tinha lá o seu passado, aquele jeito excessivamente cru dos viciados quando tinham acabado de sair da cadeia ou de uma clínica. Lá estava ele, agarrando o seu ombro e falando alto demais numa exibição de sociabilidade. Um espasmo ambulante.

— Meu chapa!

— Chickie Pete.

— Tá indo pra onde? — Chickie Pete propôs uma cerveja, por conta dele. Ele respondeu que não podia, mas Chickie Pete não ia aceitar um não, e depois da maratona talvez fosse o caso de demonstrar um pouco de boa vontade com o companheiro de velhos tempos. Mesmo que esse amigo trouxesse memórias pesadas.

Ele conhecia o Chipp's da época que morou na 82, antes de se mudar para o norte. A Columbus era um lugar sonolento quando ele chegou à cidade — tudo fechava às oito, no máximo —, e aí começaram a abrir lugares na avenida, bares e restaurantes que aceitavam reserva. Como tudo naquela cidade: podia ser um buraco, mas, de repente, estava na moda. O Chipp's era um bar típico, onde os garçons sabiam do que você gostava, serviam sanduíches decentes, conversavam se você quisesse ou simplesmente acenavam com a cabeça se não. Na única vez em que ele se lembrava de ter havido um incidente racial, um branco idiota com um boné dos Red Sox começou a falar *crioulo* para cá e *crioulo* para lá e foi expulso rapidinho.

Os caras da Horizonte gostavam de ir no Chipp's na segunda e na quinta, quando a Annie estava na escala, por causa da generosidade da política de distribuição de bebidas grátis e do seu par de seios. Depois que conseguiu botar a Ás de pé, ele, às vezes, convidava os empregados para sair e levava o pessoal lá, até aprender que, se você bebesse com os funcionários, eles começavam a tomar liberdades. Apareciam atrasados ou não iam e davam desculpas esfarrapadas. Ou desmazelados, com os uniformes amarrotados. Ele pagou uma boa grana por aqueles uniformes. Ele mesmo desenhou a logomarca.

O jogo estava passando na TV, o volume baixo. Ele e o Chickie se sentaram no balcão, e o garçom colocou as bebidas em cima de descansos com propaganda do Smiles, um bar chique a umas poucas quadras dali. O garçom era novo, branco. Um ruivo com modos não muito refinados. Gostava de puxar ferro, as mangas da camiseta apertadas nos bíceps. O tipo de gorila que você contrata para uma noite de sábado se for receber uma multidão.

Ele pôs uma nota de vinte sobre o balcão mesmo que o Chickie tivesse dito que ia pagar pela bebida.

— Você tocava trompete — comentou ele. O Chickie era de uma banda de negros e participou de um show de calouros com uma versão meio jazz de "Greensleeves", que, se ele lembrava bem, era uma interpretação que beirava o bebop.

Chickie sorriu com a memória do seu talento.

— Faz muito tempo. Minhas mãos. — Ele mostrou dois dedos curvos como patas de caranguejo. Falou que tinha acabado de passar trinta dias num programa de desintoxicação.

Pareceu indelicado mencionar que eles estavam num bar.

Chickie, no entanto, sempre fez as pazes com os seus defeitos. O menino chegou ao Nickel pequenininho, magro que nem um fiapo, e foi abusado sem parar durante seu primeiro ano lá, até aprender a se defender, e aí passou a atacar os meninos menores, levando-os para dentro de salinhas e despensas — você ensina aquilo que aprende. Isso e a história com o trompete eram tudo que ele se lembrava do garoto do Nickel, antes do Chickie aparecer na vida dele depois da formatura. Era uma melodia familiar, que ele ouvira ao longo dos anos — não dos internos do Nickel, mas de gente que tinha passado tempo em lugares semelhantes. Um tempo no exército, a rotina e a disciplina tiveram apelo para ele.

— Tinha muita gente que passava de adolescente infrator para soldado. É mais ou menos como uma opção natural, especialmente se você não tem uma casa para voltar. Ou uma casa para onde queira voltar.

O Chickie passou doze anos nas forças armadas, e depois se envolveu num acidente e foi mandado embora. Casou algumas vezes. Pegou qualquer trabalho que conseguisse. O melhor foi vender aparelhos de som em Baltimore. Ele podia falar o dia inteiro sobre toca-discos.

— Eu sempre bebi — disse Chickie. — E parecia que, quanto mais eu tentava sossegar, mais me acabava toda noite.

Em maio passado, ele socou um cara num bar. O juiz disse que o Chickie precisava escolher entre ir para a cadeia ou entrar para um programa de reabilitação. Ele estava na cidade visitando uma irmã, que morava no Harlem.

— Ela está me deixando ficar na casa dela até eu decidir o que fazer. Sempre gostei daqui.

Chickie perguntou o que ele estava fazendo, e Elwood se sentiu mal de falar sobre a sua empresa, então resolveu diminuir o número de caminhões e de empregados pela metade e não mencionou o escritório de Lenox, apesar do orgulho que sentia. Financiamento de dez anos. O compromisso mais longo que ele já fez na vida, e era esquisito, porque a única coisa que o incomodava naquilo era o fato de não se incomodar com aquilo.

— Meu chapa — disse Chickie. — Se deu bem! Casado?

— Nunca juntei os trapos. Quando não estou atolado de trabalho, saio com alguém.

— Entendi, entendi.

A luz da rua diminuiu um tom à medida que os prédios mais altos abriam a porta para a noite prematura. Era a deixa para uma dose de tristeza de noite de domingo, de hora-de-voltar-ao-trabalho, e ele não era o único atingido por aquilo — de repente, o bar ficou cheio. O garçom musculoso serviu as duas universitárias louras primeiro, provavelmente menores de idade e testando como era a vigilância para comprar bebida alcoólica ao sul da região da Universidade de Columbia. Chickie pediu mais uma cerveja, indo mais rápido do que ele.

Eles começaram a falar sobre os velhos tempos, rapidamente recaindo em assuntos sombrios, os piores funcionários e supervisores. Não mencionaram o nome de Spencer, como se isso fosse capaz de conjurá-lo na avenida Columbus como um espectro branquelo. Aquele medo da infância continuava por perto. Chickie mencionou os internos que tinha encontrado ao longo dos anos — Sammy, Nelson, Lonnie. Um era um canalha, o outro perdeu um braço no Vietnã, e o terceiro, um viciado. Chickie mencionou nomes de gente que ele não pensava em décadas, foi como um retrato da Santa Ceia, doze fracassados com o Chickie no meio. Era isso que o reformatório fazia com os meninos. Não acabava quando você saía de lá. Aquilo moldava uma pessoa de vários jeitos até deixá-la incapaz de ter uma vida normal, saindo de lá completamente deformado.

O que isso dizia sobre ele. Quão deformado ele era?

— Você saiu em 1964? — perguntou Chickie.

— Você não lembra?

— Do quê?

— Nada. Cumpri a minha pena. — Era uma mentira que ele repetia muitas vezes, quando sem querer mencionava o reformatório. — Aí me mandaram embora. Fui pra Atlanta e continuei rumo a norte. Você sabe. Estou aqui desde 1968. Vinte anos. — Durante todo esse tempo, ele tinha dado como certo de que a sua fuga era uma lenda no Nickel, com os alunos passando sua história adiante como se ele fosse um herói das massas, uma espécie de Stagger Lee reduzido às proporções de um adolescente. Mas não foi assim. Chickie Pete nem lembrava como ele saiu. Se ele quisesse ter marcado sua passagem por lá, devia ter talhado o nome num banco de igreja como todo mundo. Acendeu outro cigarro.

Chickie Pete semicerrou os olhos.

— Ei, ei, o que aconteceu com aquele garoto que andava com você o tempo todo?

— Qual?
— O cara que tinha aquela coisa. Estou tentando lembrar.
— Hum.
— Já lembro — disse ele, e foi ao banheiro. Ele falou alguma coisa para uma mesa de mulheres que estavam comemorando algo. Elas riram de Chickie Pete quando ele entrou no banheiro masculino.

Chickie Pete e seu trompete. Ele podia ter tocado profissionalmente. Por que não? Um músico de estúdio numa banda de funk ou numa orquestra. Se as coisas tivessem sido diferentes. Os garotos podiam ter sido muitas coisas se aquele lugar não os tivesse arruinados. Médicos que curam doenças ou que fazem cirurgias cerebrais, inventando coisas que salvam vidas. Candidatos à presidência. Todos aqueles gênios perdidos — claro que nem todos eram gênios, o Chickie Pete, por exemplo, não ia resolver a relatividade especial —, mas eles tiveram negados até mesmo o simples prazer de ser comuns. Coxos e em desvantagem mesmo antes de a corrida começar, nunca descobrindo uma forma de ser normal.

As toalhas das mesas eram novas, tinham mudado desde a última vez que ele veio aqui — plástico com xadrez vermelho e branco. Na época, Denise reclamava das mesas grudentas. Denise — aquela realmente foi uma cagada que ele fez. Em torno dele, os civis comiam seus sanduíches e bebiam sua cerveja, na sua alegria de mundo livre. Uma ambulância passou às pressas lá fora e, no espelho escuro atrás das bebidas, ele se viu num recorte vermelho brilhante, uma aura cintilante que o marcava como um forasteiro. Todo mundo via aquilo, assim como ele soube da história de Chickie só de ouvir as primeiras duas notas. Eles estavam sempre fugindo, não importava como tinham saído do reformatório.

Ninguém permanecia muito tempo na vida dele.

Chickie Pete deu um tapa nas costas dele ao voltar. Ele ficou puto de repente, pensando como imbecis como o Chickie ainda estavam vivos, enquanto o amigo dele, não. Levantou-se.

— Preciso ir.

— Não, não, eu entendo. Eu também — disse Chickie, com a segurança daqueles que não têm nada para fazer. — Sabe, não queria pedir...

Lá vem.

— Mas se você estiver precisando de uma ajuda, um emprego me cairia bem. Estou dormindo num sofá.

— Certo.

— Você tem um cartão?

A mão se direcionou à carteira e aos seus cartões de visita da ÁS MUDANÇAS — "Sr. Elwood Curtis, presidente" —, mas ele pensou melhor.

— Não aqui comigo.

— Eu dou conta do trabalho, é isso que estou dizendo. — Chickie anotou o telefone da irmã num guardanapo vermelho do bar. — Me dá uma ligada, em nome dos velhos tempos.

— Ligo, sim.

Depois de ter certeza que Chickie Pete tinha ido mesmo embora, ele foi para a Broadway. Estava com uma rara necessidade de pegar o ônibus, o 104, que subia a rua. Percorrer o trajeto turístico e absorver a vida da cidade. Mas desistiu: a maratona tinha acabado e o mesmo valia para o seu sentimento de bonomia. No Brooklyn, e no Queens, e no Bronx, e em Manhattan, os carros e caminhões tinham retomado a posse das ruas bloqueadas, o trajeto da maratona desaparecendo quilômetro após quilômetro. Tinta azul no asfalto marcava o percurso — todo ano aquilo desaparecia antes de você se dar conta. As sacolas plásticas brancas deslizando pela quadra e as latas transbordando de lixo tinham voltado, as embalagens de McDonald's e os frasquinhos vermelhos onde vendiam as pedras de crack triturados sob a sola de um sapato. Ele pegou um táxi e pensou no jantar.

Era engraçado, como ele tinha apreciado a ideia do boato da sua grande fuga ter corrido a escola. Os funcionários putos da vida quando ouviam os meninos falando daquilo. Ele pensava nessa cidade como um bom lugar para ele por ninguém conhecê-lo ali — e gostava da contradição de que o único lugar que *realmente* o conhecia era o único lugar em que ele não queria estar. Isso o ligava a todas essas outras pessoas que vinham a Nova York, fugindo das suas cidades natais e de coisas piores. Mas até mesmo o Nickel se esquecera da história dele.

Criticava o Chickie por ser um desastre, mas ele mesmo estava voltando para um apartamento vazio.

Rasgou o guardanapo vermelho do Chickie Pete e jogou pela janela. *Ninguém gosta de um porcalhão* veio à sua mente, cortesia da nova cultura de qualidade de vida da cidade. A campanha era um sucesso, a frase ficava mesmo na cabeça.

— Então me multe — disse ele.

CAPÍTULO CATORZE

O diretor Hardee suspendeu as aulas por dois dias a fim de botar o lugar em ordem para a inspeção estadual. Era uma inspeção surpresa, mas um irmão de fraternidade dirigia o serviço de assistência à criança em Tallahassee e deu um telefonema. Vários itens mais antigos precisavam de cuidados, apesar do trabalho feito pelos estudantes. A quadra de basquete rachada pelo sol pedia um novo piso e novos aros para as cestas, e a ferrugem corroía os tratores e os ancinhos nas áreas de cultivo. A maior parte dos prédios, do hospital às garagens, passando pelas escolas, precisava urgentemente de uma demão de tinta, os dormitórios — sobretudo os dedicados aos alunos negros — também. Era uma visão e tanto, todos os meninos, grandes ou pequenos, trabalhando às pressas com o mesmo objetivo, tinta nos queixos, os joões cambaleando ao transportar as latas de Dixie pelo campus.

No Cleveland, Carter, o responsável pelo dormitório, recorreu aos seus dias de trabalhador de construção civil e demonstrou como aplicar argamassa entre os belos tijolos do Nickel. Pés de cabra arrancavam as tábuas apodrecidas do piso; outras novas eram cortadas e colocadas no lugar. Hardee chamou gente de fora para os serviços especializados. A nova caldeira, entregue dois anos antes, enfim foi instalada.

Encanadores substituíram dois urinóis quebrados no segundo andar, e carpinteiros corpulentos deram um jeito nas bolhas e nos buracos do telhado. Nada de vazamentos de manhã cedo acordando os meninos do quarto 2.

A Casa Branca recebeu uma nova pintura. Ninguém viu quem fez aquilo. Num dia, o prédio estava sujo como sempre, no outro, a tinta fazia o sol vibrar nos olhos.

A julgar pelo rosto de Hardee enquanto ele acompanhava o progresso do trabalho, os meninos estavam prestes a produzir um bom espetáculo. A cada década ou duas, alguma denúncia nos jornais sobre fraude financeira ou abusos nos castigos corporais dava início a uma investigação estadual. A seguir, vinham restrições contra "palmadas" e contra o uso de celas escuras e caixas de suor. A administração instituiu um controle mais rigoroso sobre os suprimentos escolares, que tinham a tendência de sumir, assim como os lucros de várias atividades dos estudantes. O empréstimo de internos para famílias e empresas da região foi encerrado e a equipe médica foi ampliada. O dentista que trabalhou lá por décadas foi substituído e encontraram outro que não cobrava por extração.

Fazia anos que não surgiam denúncias contra o Nickel. Nessa ocasião, a escola era meramente outro item numa longa lista de instalações do governo que seriam visitadas rapidamente.

Os trabalhos — cultivo da terra, impressão, fabricação de tijolos e coisas do gênero — continuaram como sempre, pois promoviam a responsabilidade, construíam caráter etc. e tal. Além disso, eram uma importante fonte de receitas. Dois dias antes da inspeção, Harper deixou Elwood e Turner na casa do sr. Edward Childs, ex-supervisor do distrito e antigo entusiasta do reformatório Nickel para Garotos. A instituição e a família tinham uma longa relação. Edward Childs e o clube Kiwanis contribuíram cada um com metade dos custos pelos uniformes de futebol americano cinco anos antes. Esperava-se que a generosidade fosse repetida, desde que houvesse um incentivo.

O pai do sr. Childs, Bertram, havia trabalhado na prefeitura e também fez parte do conselho do Nickel. Era um ferrenho defensor dos trabalhos forçados na época em que isso era permitido, e frequentemente alugava estudantes do reformatório. Eles cuidavam dos cavalos quando havia um estábulo lá atrás, e também das galinhas. O porão que Elwood e Turner limparam naquela tarde era o lugar onde os meninos alugados dormiam. Quando era noite de lua cheia, os garotos ficavam de pé na cama de campanha e fitavam seu olhar leitoso pelo vidro rachado da única janela.

Elwood e Turner não sabiam da história do porão. Estavam encarregados de remover sessenta anos de todo tipo de coisa descartada para que o local pudesse ser convertido numa sala de recreação, com piso de lajota em padrão xadrez e painéis de madeira nas paredes. Os filhos adolescentes dos Childs vinham fazendo lobby, e Edward Childs tinha lá as próprias ideias quanto ao que fazer com o espaço, já que a esposa e os filhos visitavam a família dela por duas semanas em agosto, todo ano, e ele ficava sozinho. Um balcão com bebidas ali, instalar uma iluminação moderna, coisas que eles viram em revistas. Antes de esses sonhos serem realizados, bicicletas velhas, baús antigos, rodas de fiar quebradas e uma infinidade de outras relíquias empoeiradas esperavam pela sua recompensa final. Os meninos abriram as portas pesadas do porão e colocaram as mãos à obra. Harper ficou sentado na van, fumando e ouvindo o jogo de beisebol.

— O cara do ferro-velho vai adorar a gente — disse Turner.

Elwood carregou uma pilha de exemplares empoeirados do *Saturday Evening Post* escada acima e pôs ao lado da pilha de *Imperial Nighthawks* perto do meio-fio. O *Imperial* era um jornal da Ku Klux Klan; a edição que estava em cima mostrava um cavaleiro com túnica preta carregando uma cruz em chamas. Caso Elwood tivesse cortado o barbante, veria que essa era uma imagem popular nas capas desse jornal. Ele pôs a pilha de ponta-cabeça para esconder o cavaleiro e revelou um anúncio do creme de barbear Clementine.

Enquanto Turner fazia piadas baixinho e assobiava Martha and the Vandellas, os pensamentos de Elwood seguiam uma trilha. Jornais diferentes de países diferentes. Ele se lembrava de ter procurado a entrada para ágape no seu volume de enciclopédia depois de ter lido o discurso do dr. King no *Defender*. O jornal publicou o texto na íntegra depois que o reverendo falou na Universidade de Cornell. Caso Elwood tivesse se deparado com a palavra antes, em todos aqueles anos lendo coisas aqui e ali no livro, então ela não tinha ficado na sua cabeça. King descreveu ágape como sendo um amor divino que opera no coração dos homens. Um amor altruísta, incandescente, o mais elevado de todos. Ele incitava a sua audiência negra a cultivar aquele amor puro pelos seus opressores, dizendo que isso poderia levá-los até o outro lado da disputa.

Elwood tentou entender, agora que isso tinha deixado de ser a abstração que flutuava na sua cabeça na primavera passada. Agora, aquilo era real.

Podem nos colocar na cadeia, e ainda amaremos vocês. Podem bombardear nossas casas e ameaçar nossos filhos, e, por mais difícil que seja, ainda amaremos vocês. Mandem aqueles entre vocês que perpetram a violência debaixo de capuzes atacar as nossas comunidades depois da meia-noite, e nos arrastem até alguma estrada, e nos espanquem e nos deixem quase mortos, e ainda amaremos vocês. Mas estejam certos de que vamos esgotá-los com nossa capacidade de sofrer, e de que, um dia, vamos conquistar nossa liberdade.

A capacidade de sofrer. Elwood, todo mundo do Nickel, existia nessa capacidade. Eles respiravam nela, comiam nela, sonhavam nela. Aquilo era a vida deles agora. Caso contrário, teriam perecido. Os espancamentos, os estupros, a implacável diminuição de si. Eles suportavam. Mas amar aqueles que os destruiriam? Dar este salto? *Vamos responder à força física de vocês com a força das nossas almas. Façam o que quiserem conosco e ainda amaremos vocês.*

Elwood sacudiu a cabeça. Que coisa para pedir a alguém. Que coisa impossível.

— Está me ouvindo? — perguntou Turner. Ele balançava os dedos diante do rosto inexpressivo de Elwood.

— Quê?

Turner precisava de ajuda lá dentro. Apesar da técnica padrão do rapaz de atrasar os trabalhos, eles tinham feito um bom progresso, retirando vários baús antigos usados em viagens de navio que estavam debaixo da escada. As traças e lacraias correram enquanto os meninos arrastavam os baús para o centro do porão. Os adesivos que decoravam a cobertura preta mal conservada celebravam viagens a Dublin, às cataratas do Niágara, São Francisco e a outros lugares distantes. Uma história de viagens exóticas de tempos passados, lugares que aqueles meninos jamais conheceriam nas suas vidas.

Turner bufou.

— O que será que tem aí dentro?

— Eu anotei tudo — disse Elwood.

— Tudo o quê?

— As entregas. Os trabalhos de jardinagem e as tarefas. Os nomes de todo mundo e as datas. Todo o nosso serviço comunitário.

— Por que você faria uma coisa dessas? — Turner sabia o motivo, mas estava curioso para saber como o amigo ia colocar aquilo em palavras.

— Você me disse. Ninguém pode me tirar daqui, só eu.

— Ninguém nunca me escuta... por que você começou a fazer isso?

— No começo, nem eu sabia por que estava fazendo aquilo. Naquele primeiro dia com o Harper, anotei o que vi. E continuei. Em um dos cadernos da escola. Fazia eu me sentir melhor. Acho que era para contar para alguém um dia, e agora vou fazer isso. Vou entregar para os inspetores quando eles vierem.

— E o que você acha que vão fazer? Colocar a sua foto na capa da *Time*?

— Eu fiz isso para acabar com tudo.

— Mais um idiota. — Pés ressoaram acima das cabeças deles. Eles jamais chegaram a ver a família Childs naquele dia, e Turner começou a trabalhar como se eles tivessem visão de raios X. — Você está se saindo bem. Não tem tido problema desde aquela vez. Eles vão levar você lá trás, enterrar, depois vão me levar lá para trás também. Qual é o seu problema, caralho?

— Você está errado, Turner. — Elwood puxou a alça de um baú marrom desgastado pelo tempo, que se rompeu. — Não é uma corrida de obstáculos — disse ele. — Você não tem como desviar... precisa seguir em frente. Andar de cabeça erguida, não importa o que jogarem em você.

— Eu fui seu avalista — falou Turner, limpando as mãos nas calças. — Você ficou puto e teve que desabafar, tudo bem — disse, pondo fim na conversa.

Quando terminaram de arrastar tudo, os meninos tinham feito um trabalho de precisão cirúrgica — cortaram o tecido podre da casa e jogaram fora. Turner bateu na porta do furgão para acordar Harper. Do rádio saía um chiado de estática.

— Qual é o problema dele? — perguntou Harper a Elwood. Turner estava em silêncio, uma mudança perceptível.

Elwood sacudiu a cabeça e olhou pela janela.

Seus pensamentos ficaram perambulando depois da meia--noite. A pergunta irada de Turner passou a fazer parte das suas preocupações. Não era o que ele achava que os brancos iam fazer, mas, sim, se ele confiava nos brancos para fazer aquilo.

Ele estava sozinho no seu protesto particular. Escreveu para o *Chicago Defender* duas vezes, mas não recebeu resposta, nem quando mencionou o editorial que tinha escrito sob um pseudônimo. Fazia duas semanas. Mais aflitiva que a ideia de que o jornal não ligava para o que estava acontecendo no Nickel era a possibilidade de eles estarem recebendo tantas cartas como aquela, tantos apelos, a ponto de não poder dar conta de tudo. O país era grande e seu apetite por preconceito e depredação, infinito. Como eles poderiam lidar com todas aquelas injustiças, grandes ou pequenas? Era apenas mais um lugar. Uma lanchonete em Nova Orleans, uma piscina pública em Baltimore que preferiram encher com concreto a deixar os meninos negros colocarem o pé na água. Esse era apenas um lugar, mas se havia um, havia centenas, centenas de Nickels e Casas Brancas espalhadas pelos Estados Unidos como fábricas de dor.

Se pedisse para a avó enviar a carta, evitando as dúvidas sobre se as suas correspondências eram ou não extraviadas, ela a abriria imediatamente e jogaria no lixo. Por medo do que aconteceria com o neto — e ela nem tinha ideia do que já tinham feito. Ele precisava confiar que um estranho fizesse a coisa certa. Era impossível, da mesma forma que amar aquele que quer ver você destruído, mas essa era a mensagem do movimento: confiar na decência irrevogável que vivia em todo coração humano.

Era como as lentes de novo. *Esta ou esta?* Um mundo cujas injustiças o fizeram manso e confuso ou um mundo mais verdadeiro e remanescente que estava à sua espera?

No café da manhã do dia da inspeção, Blakeley e os outros responsáveis pelos dormitórios do campus norte deixaram clara a mensagem do dia: "Se fizerem alguma besteira, vão pagar por isso." Blakeley, Terrance Crowe do Lincoln, e Freddie Rich, que era responsável pelos meninos do Roosevelt. Todo dia, ele usava o mesmo cinto de couro de búfalo com fivela, aninhado acima da virilha e debaixo da barriga como um animal que caminha entre colinas.

Blakeley entregou aos meninos o cronograma da inspeção. Ele estava alerta e desperto, tendo aberto mão da bebida na noite anterior. Os meninos negros só entravam em cena de tarde, falou. A inspeção começava com o campus branco, a escola e os dormitórios, e as instalações maiores como o hospital e o ginásio. Hardee queria exibir os campos esportivos e a nova quadra de basquete, portanto isso vinha a seguir na lista, antes dos homens de Tallahassee irem ao outro lado da colina para ver as terras cultivadas, a gráfica e a famosa fábrica de tijolos. Por fim, o campus negro.

— Vocês sabem que o sr. Spencer vai querer ter uma palavrinha com vocês caso veja alguém com a camisa para fora da calça ou a roupa suja saindo do baú — disse Blakeley. — E não vai ser agradável.

Os três responsáveis pelos dormitórios ficaram diante das bandejas do refeitório, que, naquele dia, estavam repletas da comida que os estudantes deveriam receber toda manhã: ovos mexidos, presunto, suco fresco e peras.

— Quando eles vão chegar aqui, senhor? — perguntou um dos joões a Terrance. Terrance era um sujeito grande e robusto com uma barba branca desalinhada e olhos úmidos. Ele trabalhava no Nickel havia mais de vinte anos, o que queria dizer que já tinha visto vários tipos diferentes de maldade. Aquilo, na avaliação de Elwood, fazia dele um dos maiores cúmplices.

— A qualquer minuto — respondeu Terrance.

Depois de os responsáveis pelos dormitórios sentarem, os meninos tinham permissão para comer.

Desmond tirou os olhos do prato.

— Eu não como bem assim desde... — Ele não conseguia lembrar desde quando. — Deviam inspecionar isso aqui mais vezes.

— Ninguém conversa agora — disse Jaimie. — Comam.

Os alunos comeram, felizes, raspando os pratos. O suborno funcionou, apesar das palavras duras. Eles estavam animados com a comida, as roupas novas, a pintura nova do refeitório. Quem estava com as barras ou os joelhos puídos recebeu calças novas. Os sapatos brilhavam. A fila do barbeiro tinha dado duas voltas no prédio. Os alunos estavam bonitos. Até os que tinham micose.

Elwood procurou Turner. Ele estava sentado com os garotos do Roosevelt com quem dividiu o dormitório na sua primeira passagem pelo Nickel. Pelo sorriso falso, sabia que Elwood estava olhando. Turner mal tinha falado com o amigo desde o dia do porão. Ele continuava conversando com Jaimie e Desmond, fugindo quando Elwood aparecia. Quase não ia à sala de recreação, e Elwood imaginou que devia estar no seu sótão. O menino era quase tão bom quanto Harriet em ignorar alguém, especialmente quando se levava em conta os anos de prática que a avó tinha com ele. A lição desse silêncio? Fique de boca fechada.

Em geral, o serviço comunitário era feito às quartas, mas, por motivos óbvios, Elwood e Turner receberam outras tarefas. Harper pegou os dois depois do café da manhã e disse que eles deviam ajudar a equipe das arquibancadas. As arquibancadas do campo de futebol americano estavam cheias de lascas, oscilando e instáveis. Hardee deixou a reforma para o dia da inspeção, como se trabalhos grandes como aquele fossem coisas do dia a dia da escola. Dez meninos foram mandados para lixar, substituir e pintar as tábuas de um lado do campo, e outros dez para cuidar das arquibancadas do lado oposto. Quando os inspetores tivessem terminado de ver o campus branco, as equipes teriam um bom trabalho para exibir. Elwood e Turner ficaram em equipes diferentes.

Elwood fazia o reconhecimento das tábuas apodrecidas. Minúsculos insetos cinzentos saíam em ebulição fugindo da luz do dia. Ele tinha conseguido pegar um bom ritmo quando chegou o aviso — os inspetores tinham saído do ginásio e estavam indo para o campo de futebol americano. Ele tentou pensar qual seria o apelido que Turner daria a eles. O mais corpulento era um sósia de Jackie Gleason, o do cabelo raspado parecia ter fugido de Mayberry, o mais alto era JFK. Tinha os traços angulosos da elite branca, assim como o falecido presidente, e os mesmos dentes brancos esplêndidos, e escolheu o corte de cabelo para realçar a semelhança. No sol, os inspetores tiraram seus paletós — o dia estava quente e úmido —, debaixo dos quais vestiam as camisas de mangas curtas e gravatas com prendedor que faziam Elwood pensar no cabo Canaveral e naqueles homens inteligentes com as cabeças cheias de trajetórias impossíveis.

Ele puxou as palavras dos bolsos das calças do uniforme do Nickel como se fossem uma bigorna. *A escuridão não pode eliminar a escuridão*, o reverendo disse, *somente a luz tem esse poder. O ódio não pode eliminar o ódio, só o amor tem esse poder.* Ele fez uma cópia da lista de quatro meses de entregas e de quem recebeu cada item, os nomes, as datas e as mercadorias entregues, os sacos de arroz e as latas de pêssego, as carnes e os presuntos natalinos. Acrescentou três linhas sobre a Casa Branca e a Beldade Negra, e que um dos alunos, Griff, desapareceu depois do campeonato de boxe. Tudo na melhor caligrafia que tinha. Não assinou, tentando se iludir que não descobririam a identidade do autor. Eles iam saber que ele foi o alcagueta, é claro, mas estariam presos.

Será que era essa a sensação? Andar de braços dados no meio da rua, um elo numa corrente viva, sabendo que, do outro lado da esquina, a turba branca esperava com seus tacos de beisebol, mangueiras de incêndio e xingamentos. Mas era só ele, como Turner havia dito naquele dia no hospital.

Os meninos foram orientados a só falar com um homem branco se ele começasse a conversa. Aprenderam isso logo cedo, na escola, nas ruas e nas estradas empoeiradas das suas cidades. No Nickel, receberam um reforço: você é um garoto negro num mundo do homem branco. Ele tinha imaginado palcos diferentes para entregar a carta: a escola, do lado de fora do refeitório, o estacionamento perto do prédio da administração. Ele nunca conseguiu imaginar essa sua peça de emancipação particular sem que houvesse interrupção — Hardee e Spencer, normalmente Spencer, correndo para o palco, arruinando a cena. Ele imaginou que o diretor e o superintendente fossem ciceronear os inspetores, mas os funcionários do governo andavam sozinhos pelo terreno. Caminhando pelas trilhas de concreto, apontando para uma ou outra coisa, conversando entre si. Eles paravam pessoas para pequenas conversas, chamando um menino branco que corria para a biblioteca, segurando a srta. Baker e outra professora para uma conversa.

Talvez fosse possível.

JFK, Jackie Gleason e Mayberry andaram à toa pelas novas quadras de basquete — aquele foi um golpe esperto de Hardee — e se aproximaram dos campos de futebol americano. Harper murmurou: "Pareçam atarefados", e acenou para os inspetores. Ele andou pela linha de 55 jardas até as arquibancadas do outro lado, desviando de Lonnie e Mike Preto, que estavam pregando uma tábua de pinho no andaime muito sem jeito. Ele tinha o ângulo certo para a interceptação. Um passe rápido. Se Harper visse e perguntasse o que havia no envelope, ele diria que era uma redação sobre como o movimento pelos direitos civis mudou as coisas para a nova geração de negros. Ele vinha trabalhando nisso havia semanas. Parecia o tipo de coisa cafona que faria o Turner falar mal dele.

Elwood estava a quase dois metros dos brancos. O coração dele se incendiou. Chega de carregar essa bigorna. Andou até a pilha de madeira serrada e colocou as mãos nos joelhos.

Os inspetores subiam a colina. Jackie Gleason fez uma piada e os outros dois riram. Os três passaram pela Casa Branca sem nem olhar para ela.

Os outros estudantes fizeram tanto barulho quando viram o que a cozinha tinha preparado para o almoço — hambúrguer, purê de batata e sorvete que jamais seria entregue na Fisher's Drugs — que Blakeley mandou todos fazerem silêncio. "Vocês querem que eles pensem que isso aqui é um circo?" O estômago de Elwood rejeitou a comida. Ele tinha estragado tudo. Vou tentar de novo no Cleveland, decidiu. A sala de recreação, um rápido "com licença, senhor" no saguão. Em vez de fazer isso ao ar livre, no meio do gramado. Ele teria cobertura. Ia entregar para o JFK. Mas e se o inspetor abrisse aquilo ali mesmo? Ou lesse enquanto descia a colina, enquanto Hardee e Spencer alcançavam os dois para acompanhá-los até a saída?

Elwood tinha apanhado. Mas ele levou a surra e continuava ali. Não havia nada que pudessem fazer que os brancos já não tivessem feito antes com negros, que não estivessem fazendo naquele instante em algum lugar em Montgomery e Baton Rouge, em plena luz do dia numa rua perto de um mercado da Woolworths. Ou em alguma estrada rural anônima, sem ninguém para contar a história. Eles iam bater nele, bater muito, mas não podiam matá-lo, não se o governo soubesse do que acontecia ali. A mente dele divagou — e ele viu a Guarda Nacional entrando pelo portão do Nickel em um comboio de furgões verde-escuros, e soldados saltando lá de dentro para entrar em formação. Pode ser que os soldados não concordassem com aquilo que tinham sido mandados para fazer, simpatizando com o antigo modelo e não com o que era certo, mas precisavam obedecer às leis do país. Do mesmo modo que fizeram um cordão em Little Rock para garantir que os nove alunos negros entrassem na Central High School, uma parede humana entre os brancos furiosos e as crianças, entre o passado e o futuro. O governador Faubus não podia fazer nada, porque aquilo era maior do que o Arkansas e sua maldade retrógrada, aquilo eram os Estados Unidos. Um mecanismo de justiça posto em movimento por uma mulher que ficou sentada num assento de um ônibus onde tinham dito que ela não podia sentar, um homem pedindo presunto no pão de centeio numa lanchonete segregada. Ou uma carta de recomendação.

Precisamos acreditar nas nossas almas que somos alguém, que somos significativos, que somos dignos, e precisamos andar pelas ruas da vida todos os dias com essa noção de dignidade e a ideia de sermos alguém. Se ele não tivesse isso, o que teria? Da próxima vez, não ia vacilar.

A equipe da arquibancada voltou para o trabalho depois do almoço. Harper pegou o braço dele.

— Espera um minuto, Elwood.

Os outros meninos seguiram pela colina.

— O que foi, sr. Harper?

— Preciso que você vá para as áreas de cultivo e encontre o sr. Gladwell — disse ele. O sr. Gladwell e os seus dois assistentes supervisionavam o trabalho de plantio e a colheita no Nickel. Elwood jamais havia falado com ele, mas todo mundo conhecia o homem pelo chapéu de palha e o bronzeado de agricultor, que dava a impressão de que ele tinha atravessado o rio Grande a nado para chegar até lá. — Aquele pessoal da inspeção não vai para lá hoje — falou Harper —, vão mandar uns outros especialistas para conferir as áreas de plantio, à parte. Encontre o sr. Gladwell e diga que ele pode relaxar.

Elwood se virou para onde Harper apontou, seguindo a estrada principal onde os três inspetores subiam os degraus do Cleveland. Eles entraram. O sr. Gladwell estava Deus sabe onde ao norte, nos campos de limão e batata, a acres e acres de distância. Os inspetores já teriam partido quando ele voltasse.

— Estou gostando de pintar, Harper... será que um dos meninos menores pode ir?

— *Senhor* Harper. — No campus, eles precisavam seguir as regras.

— Senhor, eu prefiro trabalhar nas arquibancadas.

Harper franziu a testa.

— Vocês todos estão agindo de forma estranha hoje. Faça o que pedi e, na sexta, tudo volta ao normal. — Harper deixou Elwood nos degraus do refeitório. No Natal passado, ele estava no mesmo degrau quando Desmond contou sobre o problema estomacal de Earl para ele e Turner.

— Eu faço.

Era Turner.

— O quê?

— A carta que está no seu bolso — disse Turner. — Eu entrego para eles. Que se foda. Olhe só como você está, parece que vai passar mal.

Elwood procurou um sinal para ver se era um blefe. Mas Turner era do tipo trapaceiro e um trapaceiro jamais denuncia o seu jogo.

— Se eu disse que vou fazer, é porque vou fazer. Você tem outra pessoa?

Elwood entregou a carta para ele e saiu correndo para o norte sem dizer nada.

Levou uma hora para Elwood encontrar o sr. Gladwell, que estava sentado em uma grande cadeira de vime à beira dos campos de batata-doce. O sujeito ficou de pé e olhou para o menino com os olhos semicerrados.

— Como é que é? Acho que posso fumar — disse ele, reacendendo o charuto. Ele gritou com os meninos sob o seu comando, que tinham parado de trabalhar ao ver o mensageiro. — Isso não significa que vocês podem parar. Continuem!

Elwood fez o longo caminho de volta, pelas trilhas que contornavam a Cidade dos Pés Juntos e que o levaram até os estábulos e a lavanderia. Andou devagar. Ele não queria saber se Turner fora interceptado, ou se o tinha dedurado, ou simplesmente levado a carta para o seu esconderijo e botado fogo nela. Fosse o que fosse que estava à sua espera do outro lado, ainda estaria lá quando ele chegasse, por isso, ele assobiou uma música que se lembrava da época em que era pequeno, um blues. Ele não se lembrava da letra nem se era o seu pai ou a sua mãe quem cantava, mas se sentia bem toda vez que a música se insinuava na sua cabeça, uma espécie de tranquilidade, como a sombra de uma nuvem que sai do nada, algo que se desprendeu de uma coisa maior. Sua por um breve período antes de continuar a navegar pelo seu caminho.

Turner o levou ao seu sótão no galpão antes da janta. Tinha permissão para perambular pelo terreno, mas Elwood, não, e o menino precisou enfrentar uma onda de pânico. Mas se tinha escrito aquela carta, era corajoso o suficiente para entrar no galpão sem permissão. O esconderijo era menor do que ele tinha imaginado, um vão apertado que Turner abriu na caverna do Nickel — paredes feitas de engradados, um cobertor de campanha sujo e uma almofada do sofá da sala de recreação. Não era o esconderijo de um operador sagaz, mas o pequeno refúgio de um fugitivo que tinha entrado numa porta para escapar da chuva, colarinho fechado até o último botão.

Turner se sentou ao lado de uma caixa de óleo de máquina e segurou os joelhos.

— Entreguei — disse ele. — Coloquei dentro de uma cópia do *The Gator*. No jornal, como na pista de boliche quando o seu Garfield entregava a propina pros tiras de merda. Corri até o carro do sujeito e disse: "Acho que o senhor ia gostar de ler isso."

— Para qual deles você entregou?

— Para o JFK, claro — disse ele, com tom de desdém. — Você achou que eu ia entregar para o cara do *Honeymooners*?

— Obrigado — falou Elwood.

— Não fiz porra nenhuma, El. Só entreguei a carta. — Ele estendeu a mão e os dois se cumprimentaram.

O pessoal da cozinha serviu sorvete de novo naquele jantar. Os responsáveis pelos dormitórios, e era de se presumir que Hardee também, estavam satisfeitos com o resultado da inspeção. Na escola no dia seguinte, e no serviço comunitário na sexta, Elwood esperou a reação, como se estivesse de volta à Lincoln High School, esperando que o vulcão borbulhasse e a fumaça saísse de dentro dele na aula de ciências. A Guarda Nacional não entrou no estacionamento cantando pneu, Spencer não colocou a mão no pescoço dele e disse: "Garoto, estamos com um problema." Não aconteceu assim.

Aconteceu como aconteceu. De noite, nos dormitórios, lanternas se movendo pelo rosto dele quando o levaram para a Casa Branca.

CAPÍTULO QUINZE

Ela leu sobre o restaurante no *Daily News* e deixou o recorte do lado dele da cama para que ele não perdesse. Fazia um tempo que os dois não saíam à noite. Há três meses, a secretária dele, Yvette, saía cedo do trabalho para cuidar da mãe, o que fazia com que ele tivesse que trabalhar até tarde todo dia. A mãe dela era senil, mas agora chamavam isso de demência. Quanto à Millie, já era quase março e, por isso, a loucura anual tinha começado, com o 15 de abril se aproximando e todo mundo correndo para entregar o imposto no prazo.

— Eles têm um nível de negação realmente maluco — disse a mulher dele.

Ela, em geral, chegava em casa a tempo de ver o jornal das onze. Ele já tinha cancelado a noite romântica duas vezes — *noite romântica* era uma coisa que alguma revista feminina tinha enfiado no vocabulário dele como um espinho — e, por isso, Millie não ia deixar que pulasse mais uma.

— A Dorothy já foi duas vezes e diz que é sensacional — disse Millie.

Dorothy achava muita coisa sensacional, tipo brunch gospel, *American Idol* e organizar um abaixo-assinado contra a abertura de uma nova mesquita. Ele controlou a língua.

Saiu às sete, depois de tentar entender o novo plano de saúde que Yvette descobriu para a Ás. Era mais barato, mas será que não iam arrancar o couro dele a longo prazo com essa coisa de coparticipação? Esse tipo de papelada sempre o deixava confuso e aborrecido. Ele pediria para Yvette explicar de novo quando ela chegasse ao trabalho no dia seguinte.

Desceu no ponto da City College na Broadway e tirou parte da roupa subindo a ladeira. Estava mais quente do que devia estar em março, mas ele se lembrava de mais de uma nevasca em Manhattan em abril e ainda não ia apostar que já era primavera.

— Acontece sempre quando você guarda o casaco — disse ele. Millie falou que ele parecia um ermitão maluco morando numa caverna.

O Camille's ficava na esquina da 141 com a Amsterdam, o principal estabelecimento de um edifício de sete andares. A resenha do *Daily News* descrevia o lugar como "*nouveau* sulista" — "pratos típicos com um toque diferenciado". Qual era o toque diferenciado — o fato de ser comida de negros feita por brancos? Tripa de porco cozida com alguma coisa pálida em conserva salpicada por cima? Um neon da cerveja Lone Star piscava na janela e um círculo de placas de carro amassadas do Alabama contornava o cardápio da entrada. Ele forçou a vista — os olhos já não eram os mesmos. Apesar dos sinais de alerta de caipirice, a comida parecia boa e nada muito espalhafatoso, e, quando ele chegou ao balcão de recepção, a maior parte dos clientes lá dentro era de gente das redondezas. Negros, latinos que provavelmente trabalhavam na região, para a universidade. Gente careta, sim, mas a presença delas era um aval.

A anfitriã era uma menina branca com um vestido hippie azul-claro, uma integrante da tribo. Tatuagens de ideogramas chineses desciam pelos seus braços esquálidos. Vai saber o que diziam. Ela fingiu que não o viu, e ele começou com seu jogo de "racismo ou péssimo serviço?". Ele não chegou a ir muito longe nos cálculos antes de a menina pedir desculpas pela demora — o novo sistema tinha caído, disse, franzindo a testa para o brilho cinzento na sua mesa.

— Gostaria de sentar agora ou está esperando mais gente?

Anos de hábito o levaram a dizer que ele esperaria do lado de fora. Na calçada, veio aquela sensação tão familiar de decepção — Millie fez com que ele parasse de fumar. Pegou um chiclete de nicotina da latinha.

Uma noite amena de fim de inverno. Ele achava que nunca tinha estado naquela quadra. Na rua 142, reconheceu o prédio de um antigo emprego, da época em que ainda estava no caminhão. Continuava sentindo o passado nas costas às vezes, uma pontada e um tremor. Agora chamavam aquele lugar de Hamilton Heights. Da primeira vez que um dos responsáveis por despachar os caminhões viesse perguntar onde era Hamilton Heights, ele responderia: "Diga que a mudança é para o Harlem." Mas o nome persistiu e pegou. Quando corretores imobiliários inventavam nomes novos para lugares velhos, ou ressuscitavam nomes velhos de lugares velhos, significava que a vizinhança estava mudando. Significava que os jovens, que os brancos estavam voltando. Ele tem como cobrir o aluguel do escritório e a folha do pagamento. Se você quisesse pagar para que fizesse a sua mudança para Hamilton Heights, ou para Quenlândia de Baixo, ou para sei lá qual lugar iam inventar, ele ficava feliz de ajudar, taxa mínima de três horas.

A fuga dos brancos de novo, só que ao contrário. Os filhos e os netos daqueles que zarparam da ilha anos antes, fugindo dos motins, da prefeitura falida e dos grafites que diziam *Vai se foder*, não importando que palavras estivessem escritas na verdade. A cidade era uma imundície quando ele chegou, e não culpava ninguém. O racismo, o medo e a decepção deles pagou pela sua nova vida. Quer pagar para se mudar para Roslyn, Long Island? A Horizonte fica feliz em ajudar, e se, na época, ele estava recebendo por hora e não pagando por hora, é grato porque o sr. Betts pagava em dia, em dinheiro, sem registro. Pouco importava o seu nome ou de onde ele vinha.

Um exemplar do *West Side Spirit* estava saindo da lata de lixo na esquina e ele fez uma anotação mental para se lembrar de dizer à Millie que ele não ia fazer a entrevista. Quando estivessem indo para a cama, ou talvez amanhã, para não estragar a noite. Uma mulher no clube do livro dela vendia anúncios para o jornal e disse para Millie que ia indicá-lo para uma seção do periódico que destacava empresas locais. "Empreendedores que empreendem." Ele era o candidato ideal — um negro, dono da própria empresa de mudanças, empregando pessoas da região, fazendo mentoria.

— Eu não sou mentor de ninguém — falou para Millie. Ele estava na cozinha, amarrando um saco de lixo.

— É uma grande honra.

— Não sou do tipo que precisa da atenção de todo mundo — disse ele.

Era simples — uma entrevista rápida e eles mandavam um fotógrafo para fazer algumas imagens do escritório novo na rua 125. Talvez uma foto dele de pé na frente dos caminhões — o chefe, para colocar as coisas em perspectiva. Sem chance. Ele seria simpático, compraria um ou dois anúncios, e fim da história.

Millie estava cinco minutos atrasada. Aquilo era atípico dela.

Isso o deixava incomodado. Ele deu um passo para trás, deu mais alguns passos para trás para ver direito o prédio e percebeu que já tinha estado ali. Nos anos 1970. O restaurante fora um centro comunitário ou algo parecido, de aconselhamento jurídico. Dava para visualizar as mesas para você ver que todo mundo é igual a você. Eles ajudavam a preencher o formulário para receber auxílio-alimentação e outros programas do governo, entender a burocracia desanimadora, provavelmente administrado por ex-Panteras. Ele ainda trabalhava para a Horizonte, então deve ter sido nos anos 1970. Andar de cima, auge do verão, e o elevador quebrado. Se arrastando pelas escadas com piso hexagonal preto e branco, os degraus gastos de tantos pés a ponto de parecerem sorrir, uma dúzia de sorrisos por andar.

Isso: a velhinha tinha morrido. O filho contratou a empresa para embalar tudo e levar para a casa dele em Long Island, onde iam colocar no porão e enfiar confortavelmente entre a caldeira e as varas de pescar em que ninguém jamais havia encostado. Onde tudo ia ficar até que o filho morresse e os filhos dele não soubessem o que fazer com aquilo e o ciclo começasse de novo. A família tinha embalado metade das coisas da velhinha e então desistiu — você tem que saber ler os sinais quando as pessoas se sentem esmagadas pela enormidade de uma tarefa. Ainda havia algumas imagens daquela tarde na memória dele: subir e descer os andares; o suor encharcando as camisetas da Horizonte; as janelas fechadas e emperradas que mantinham confinado o cheiro embolorado de isolamento e morte; os armários vazios. A cama em que ela morreu, sem a roupa de cama, só o colchão listrado de azul e branco com as manchas dela.

— Vamos levar o colchão?

— Não vamos levar o colchão.

Deus sabe que ele tinha medo de morrer daquele jeito. Ninguém fica sabendo até que o fedor assusta os vizinhos e o zelador, irritado, chama a polícia. Irritado até ver o corpo e depois tudo são fragmentos costurados de biografia — a correspondência realmente tinha acumulado, uma vez ele xingou a vizinha simpática que morava no mesmo andar e prometeu envenenar os gatos dela. Morrer sozinho em um dos velhos cômodos, e qual é o último pensamento dele antes de bater as botas? O Nickel. O Nickel o perseguindo até o último momento — uma artéria explode no cérebro ou o coração falha — e inclusive depois. Podia ser que o reformatório fosse justamente a vida após a morte que estava à espera dele, com uma Casa Branca na colina e uma eternidade de aveia e a infinita irmandade de garotos desesperados. Fazia anos que ele não pensava em partir assim — tinha embalado essa memória numa caixa e colocado-a no porão, perto da caldeira e do equipamento de pesca largado. Como o resto das coisas dos velhos tempos. Ele tinha parado de elaborar aquela fantasia fazia muito tempo. Não por ter alguém na sua vida. Mas por esse alguém ser Millie. Ela eliminava as partes ruins. Ele esperava fazer o mesmo.

Pensou numa coisa — queria comprar flores para ela, como na época em que começaram a namorar. Oito anos desde que ele a viu no evento beneficente na Hale House, preenchendo os bilhetes do sorteio com aquela caligrafia cuidadosa. É isso que os maridos normais faziam? Compravam flores sem motivo? Todos esses anos fora daquele reformatório e ele ainda passava uma parte do dia tentando decifrar os hábitos das pessoas normais. Aquelas que tiveram uma infância feliz, com três refeições por dia e um beijo de boa-noite, aquelas que não tinham ideia das Casas Brancas, dos Becos do Amor e dos juízes dos distritos brancos que condenavam você ao inferno.

Ela estava atrasada. Se ele se apressasse, dava para ir até a Broadway e comprar um buquê barato numa lojinha de conveniências coreana antes de ela chegar.

"Por que isso?", ela ia perguntar.

Por você ser a totalidade do mundo livre.

Ele devia ter pensado nas flores mais cedo, na lojinha de conveniências perto do escritório, ou quando desceu do metrô, porque naquele exato momento, Millie disse:

— Aí está meu marido bonitão! — E, então, eles começaram a sua noite romântica.

CAPÍTULO DEZESSEIS

Os pais deles o ensinaram a manter um escravo na linha, passaram adiante essa herança brutal. Tire o escravo da família, bata até que a única coisa que ele lembre seja a chibata, acorrente até que a única coisa que ele conheça sejam os grilhões. Um tempo na caixa de suor, cozinhando os miolos, era um bom jeito de fazer um crioulo se dobrar, e a mesma coisa valia para uma cela escura, um quarto no topo da escuridão, fora do tempo.

Depois da Guerra Civil, quando uma multa de cinco dólares por uma infração às leis Jim Crow — vadiagem, troca de empregador sem permissão, "contato presunçoso", escolha à vontade — levava homens e mulheres negros para as garras do trabalho forçado por dívidas, os filhos brancos se lembraram das suas tradições. Cavaram poços, forjaram barras, interditaram o rosto nutritivo do sol. A Escola Industrial da Flórida para Garotos estava em operação não havia nem seis meses quando transformaram as despensas do terceiro andar em celas de solitária. Um dos carpinteiros ia de dormitório em dormitório, apertando parafusos: isso. As celas escuras continuaram sendo usadas mesmo depois de dois garotos que estavam trancados lá terem morrido no incêndio. Os filhos se mantiveram fiéis aos velhos métodos.

O governo proibiu as celas escuras e as câmaras de tortura em instituições para menores infratores depois da Segunda Guerra Mundial. Era uma época de reformas baseadas em elevados princípios morais no país todo, até mesmo no Nickel. No entanto, as celas esperavam, vazias, imóveis e abafadas. Aguardando os meninos rebeldes que precisavam de um ajuste de conduta. Elas seguem esperando, enquanto os filhos — e os filhos desses filhos — lembrarem.

O segundo espancamento de Elwood na Casa Branca não foi tão severo quanto o primeiro. Spencer não sabia o tamanho do dano que a carta do menino causara — quem mais tinha lido, quem tinha se importado com aquilo, que tipo de repercussão a mensagem teve no Legislativo.

— Crioulinho esperto — disse ele. — Não sei onde arranjam esses crioulos espertos.

O superintendente não estava no humor jovial de sempre. Deu vinte chibatadas no garoto e então, distraído, passou a Beldade Negra para Hennepin pela primeira vez. Spencer havia contratado Hennepin para substituir Earl, sem saber o quanto a escolha foi perfeita. Mas os iguais se atraem. Hennepin, na maior parte do tempo, tinha no rosto uma expressão de maldade pouco inteligente, andando devagar pela escola, mas brilhava quando surgia a oportunidade de ser cruel, com um sorriso lascivo e uma falha nos dentes. Ele bateu no menino por pouco tempo, mas logo Spencer segurou sua mão. Não havia como dizer o que estava acontecendo em Tallahassee. Então, levaram o garoto para a cela escura.

O quarto de Blakeley ficava à direita no topo da escada. Atrás da outra porta, ficava o pequeno corredor e as três celas. As celas foram pintadas por causa da inspeção e pilhas de roupa de cama e colchões que estavam sobrando foram levados lá para dentro. A tinta escondia as iniciais dos habitantes anteriores, os riscos feitos na escuridão ao longo dos anos. Iniciais, nomes e uma variedade de insultos e súplicas. Quando as portas se abriam e os rabiscos eram revelados para os garotos que haviam escrito aquilo nas paredes, os hieróglifos não se pareciam com o que eles se lembravam de ter produzido. Aquilo tudo era demonologia.

Spencer e Hennepin arrastaram lençóis e colchões para a sala do outro lado. A cela estava vazia quando jogaram Elwood lá. Na tarde seguinte, um funcionário do turno do dia deu para o menino um balde que servia como banheiro, e só. A luz passava filtrada pela abertura gradeada no topo da porta, uma luz cinzenta a que os olhos dele acabaram se acostumando. Eles lhe davam comida quando os outros garotos partiram para o café da manhã, uma refeição por dia.

Os três últimos moradores daquele cômodo em particular não tiveram finais felizes. O lugar só piorava o azar de quem já chegava ali azarado, era amaldiçoado. Rich Baxter foi condenado à cela escura por reagir — um supervisor branco deu um tapa na orelha dele e o menino arrancou três dentes do sujeito. A mão direita dele era pesada. Rich passou um mês no quarto, pensando nos gloriosos atos de violência que iria perpetrar contra o mundo branco quando saísse. Caos, assassinato e porrada. Limpando as juntas dos dedos ensanguentadas no macacão. Em vez disso, ele se alistou no exército e morreu — o enterro foi de caixão fechado — dois dias antes do fim da Guerra da Coreia. Cinco anos depois, Claude Sheppard foi mandado para o andar de cima por roubar peixes. Ele nunca mais foi o mesmo depois daquelas semanas na escuridão — um menino entrou andando e um homem saiu mancando. Ele renunciou ao mau comportamento e foi em busca de curas para sua absoluta indignidade, uma espécie de figura triste e patética em busca de algo maior. Claude teve uma overdose de heroína numa pensão em Chicago três anos depois; hoje uma vala para indigentes é sua morada.

Jack Coker, o antecessor imediato de Elwood Curtis, foi pego praticando atos homossexuais com outro aluno, Terry Bonnie. Jack cumpriu sua pena no Cleveland, Terry no terceiro andar do Roosevelt. Estrelas binárias no espaço frio. A primeira coisa que Jack fez ao sair foi dar com uma cadeira na cara de Terry. Bom, não a primeira coisa. Ele precisou esperar até a hora do jantar. O outro garoto era um espelho que lhe permitia uma visão desastrosa de si mesmo. Jack morreu no chão de um boteco um mês antes de Elwood chegar no Nickel. Ele entendeu errado algo que um desconhecido disse e partiu para cima. O desconhecido tinha uma faca.

Depois de uma semana e meia, Spencer cansou de ficar com medo — na verdade, ele sentia medo quase o tempo todo, mas não estava acostumado a ter esse medo instigado por um dos meninos negros — e foi visitar Elwood. As coisas estavam se aquietando no Legislativo, Hardee estava menos nervoso. O pior já tinha passado. O governo era poderoso demais para interferir — em geral, esse era o problema. Do ponto de vista de Spencer. Piorava a cada ano. O pai dele tinha trabalhado como supervisor do campus sul e foi rebaixado depois que um dos meninos sob a sua responsabilidade morreu asfixiado. Alguma briga que saiu do controle, e ele foi o bode expiatório. Antes havia pouco dinheiro; depois menos ainda. Spencer ainda se lembrava daquela época, a panela com bife enlatado e canja empesteando o ar da cozinha pequena, e ele e os irmãos e as irmãs em fila com as tigelas lascadas.

O avô trabalhou para a carvoaria T.M. Madison em Spadra, no Arkansas, cuidando de condenados negros. Ninguém do lugar ou do escritório central ousava interferir no que ele fazia — o avô era um artesão e era respeitado pelo resultado do seu trabalho. Era humilhante um dos garotos de Spencer escrever uma carta sobre ele.

Spencer levou Hennepin com ele até o terceiro andar. O dormitório todo estava no café da manhã.

— Você provavelmente está tentando adivinhar por quanto tempo vai ficar aqui — disse ele.

Eles chutaram Elwood por um tempo, e Spencer se sentiu melhor, como se uma bolha de preocupação no seu peito tivesse estourado.

A pior coisa que já acontecera a Elwood acontecia todos os dias: ele acordava naquele quarto. Jamais contaria a ninguém sobre aqueles dias na escuridão. Quem iria ajudá-lo? Ele nunca se considerara um órfão. Teve que ficar para trás para que a mãe e o pai pudessem encontrar o que procuravam na Califórnia. Não havia sentido em ficar triste por isso — era preciso que uma coisa acontecesse para que a outra coisa acontecesse. Ele tinha uma ideia de que um dia ia falar ao pai sobre a carta, como ela era igual à carta que ele entregou ao seu comandante sobre o tratamento dado aos soldados negros, a carta que o levou a receber uma comenda na guerra. Mas ele era tão órfão quanto a maioria dos garotos do Nickel. Ninguém viria ajudá-lo.

Ele pensou muito na carta que o dr. Martin Luther King Jr. escreveu da cadeia de Birmingham, e do apelo poderoso que o homem conseguiu imprimir no papel estando lá dentro. Uma coisa fazia nascer a outra — sem a cela, não haveria o majestoso chamado à ação. Elwood não tinha papel, não tinha caneta, só paredes, e nenhum pensamento bonito lhe ocorria, sem falar na falta que lhe faziam a sabedoria e o jeito com as palavras. O mundo havia sussurrado suas regras vitalícias para ele, e ele se recusara a ouvir, escutando, no lugar, um mandamento mais alto. O mundo seguia com a sua instrução: não ame, pois eles desaparecerão; não confie, pois você será traído; não se levante, pois será esmagado. Ainda assim, ele ouvia aqueles imperativos superiores: ame e o amor voltará a você, confie no caminho da justiça e ele vai levar à sua libertação, lute e as coisas vão mudar. Ele jamais escutou, jamais viu aquilo que estava óbvio diante dele, e agora fora retirado do mundo. As únicas vozes eram as dos meninos lá embaixo, os gritos e as gargalhadas e o choro de medo, como se ele flutuasse num paraíso amargo.

Uma prisão dentro de uma prisão. Naquelas horas intermináveis, ele se debatia com a equação do reverendo King. *Podem nos colocar na cadeia, e ainda amaremos vocês. Mas estejam certos de que vamos esgotá-los com nossa capacidade de sofrer, e de que, um dia, vamos conquistar nossa liberdade. Conquistaremos a liberdade não apenas para nós mesmos, o apelo que teremos para os corações e as consciências de vocês será tal que, no processo, vamos conquistar vocês, e a nossa vitória será dupla.* Não, ele não conseguia dar aquele salto rumo ao amor. Não compreendia nem o impulso por trás da proposição nem tinha a vontade de executar aquilo.

Quando era pequeno, ficava de olho no salão do restaurante do Richmond Hotel. O local era proibido para pessoas da sua raça, mas um dia aquilo mudaria. Ele esperou e esperou. Na cela escura, pensou de novo na sua vigília. O reconhecimento que ele buscava ia além da pele escura — ele queria encontrar alguém que se parecesse com ele, alguém que pudesse ver como família. Queria que outros o vissem como família, outros que vissem o mesmo futuro se aproximando, ainda que lento e cheio de retrocessos e de caminhos difíceis, sintonizados com a música que havia por trás dos discursos e dos cartazes de protesto pintados à mão. Aquelas pessoas que estavam prontas a comprometer o peso do seu corpo com a grande alavanca e a mover o mundo. Essas pessoas jamais apareceram. Nem no salão do restaurante, nem em nenhum outro lugar.

A porta da escada se abriu, raspando no piso. Passos fora da cela escura. Elwood se preparou para outra surra. Depois de três semanas, enfim decidiram o que fazer com ele. O garoto tinha certeza de que esse era o único motivo para não ter sido levado para os anéis de ferro lá atrás e depois desaparecido: a incerteza. Agora que as coisas tinham ficado mais tranquilas, o Nickel voltara à disciplina apropriada e aos costumes repassados de geração em geração.

A tranca deslizou. Havia uma silhueta esguia na porta. Turner pediu que Elwood ficasse em silêncio e o ajudou a colocar-se de pé.

— Vão levar lá você lá para trás amanhã — sussurrou Turner.

— Eu sei — respondeu Elwood. Como se Turner estivesse falando de alguma outra pessoa. Ele estava tonto.

— A gente tem que ir nessa, cara.

Elwood ficou intrigado com o *a gente*.

— Blakeley.

— O crioulo tá apagado, cara. *Shhh!* — Ele entregou a Elwood seus óculos, as roupas e os sapatos. Aquilo saiu do armário de Elwood, eram as roupas que ele tinha usado no primeiro dia de escola. Turner também estava com roupas normais, calças pretas e uma camiseta social azul-escura. *A gente.*

Os garotos do Cleveland tinham substituído as tábuas que rangiam para a inspeção, mas esqueceram algumas. Elwood inclinou a cabeça para ver se havia barulho vindo do lugar onde ficava o responsável pelo dormitório. O sofá ficava perto da porta. Vários garotos já tinham feito aquele caminho escada acima para acordá-lo quando ele dormia além da alvorada. Blakeley não se mexia. Elwood estava duro por causa do confinamento e das duas surras. Turner deixou que ele se apoiasse no seu corpo. Ele estava levando uma mochila abaulada nas costas.

Havia o risco de encontrarem um menino do quarto 1 ou do quarto 2 que estivesse indo mijar. Eles se apressaram, fazendo o menor ruído possível, descendo mais um lance de escadas.

— A gente vai passar direto — disse Turner, e Elwood sabia que ele estava falando de passar direto pela sala de recreação indo em direção à porta dos fundos do Cleveland. As luzes, elas ficavam acesas a noite toda no térreo. Elwood não sabia que horas eram. Uma da manhã? Duas? Só sabia que era tarde suficiente para que os supervisores da noite estivessem tirando uma soneca ilícita.

— Eles estão jogando pôquer na garagem — comentou Turner.

Depois de saírem da área iluminada pela luz que escapava das janelas, correram mancando rumo à estrada principal. E aí, estavam fora.

Elwood não perguntou para onde estavam indo. Em vez disso, indagou:

— Por quê?

— Cacete... eles estavam correndo de um lado para o outro, que nem baratas, nos últimos dois dias, aqueles filhos da puta. Spencer. Hardee. Aí, o Freddie me disse que o Sam ouviu o Lester falar que estavam comentando em levar você lá para trás. — Lester era um garoto do Cleveland que varria o escritório do supervisor e contava tudo que acontecia. — Era isso — disse Turner. — Hoje à noite ou nunca mais.

— Mas por que está vindo comigo? — Ele podia só ter mostrado a direção certa para Elwood e desejado sorte.

— Do jeito que você é burro, iam te pegar num minuto.

— Você disse que o certo era não levar ninguém junto — falou Elwood. — Quando fosse fugir.

— Você é burro, e eu também — respondeu Turner.

O amigo estava levando Elwood para a cidade, acompanhando a estrada e se jogando no chão quando um carro aparecia. À medida que as casas iam ficando menos esparsas, eles se agacharam e foram devagar, o que vinha a calhar para Elwood. As costas do menino doíam, assim como as partes das pernas talhadas por Spencer e Hennepin com a Beldade Negra. A urgência da fuga reduzia a dor. Por três vezes, os cachorros malditos de alguma casa começaram a latir alto quando eles passaram, e os garotos precisaram correr. Nem chegaram a ver os cachorros, mas o barulho fez o sangue deles gelar.

— Ele está em Atlanta o mês inteiro — disse Turner. Ele parou diante da casa do sr. Charles Grayson, o banqueiro para quem cantaram "Parabéns" na noite da grande luta. No serviço comunitário, os dois tinham limpado e pintado a garagem dele. Era uma casa grande e isolada. Os filhos gêmeos do homem tinham ido para a faculdade. Elwood e Turner jogaram vários jogos velhos da época em que os Grayson eram pequenos. Eles tinham bicicletas vermelhas iguais, Elwood lembrava. As bicicletas ainda estavam onde eles a deixaram, perto das ferramentas de jardinagem. A luz da lua era forte o bastante para vê-las.

Turner encheu os pneus. Não precisou procurar a bomba. Há quanto tempo ele planejava aquilo? Turner mantinha o próprio tipo de registro — essa casa fornecia esse tipo de auxílio, aquela oferecia outra coisa —, assim como Elwood mantinha o dele.

Não havia como enganar os cães depois que eles encontravam a pista, Turner lembrou o amigo.

— O máximo que dá para fazer é ir o mais longe que puder. Colocar uns quilômetros entre você e eles. — Turner testou os pneus com o polegar e o indicador. — Acho que Tallahassee serve — disse ele. — É grande. Eu ia gostar de ir para o norte, mas não conheço nada lá. Em Tallahassee, a gente consegue carona para algum lugar, e os cachorros vão precisar ter asas para alcançar a gente.

— Eles iam me matar e me enterrar lá — disse Elwood.

— Certo.

— Você me tirou — falou Elwood.

— É — respondeu Turner. Ele começou a dizer outra coisa, mas parou. — Você consegue andar de bicicleta?

— Consigo.

Tallahassee ficava a uma hora e meia de carro. De bicicleta? Vai saber até onde conseguiriam chegar antes de o sol nascer, seguindo pelo acostamento. Da primeira vez que um carro apareceu atrás deles e era tarde demais para se esconder, eles continuaram pedalando e fizeram cara de paisagem. A picape vermelha ultrapassou os dois sem incidentes. Depois daquilo, continuaram na estrada para rodar o máximo de quilômetros que o ritmo de Elwood permitisse.

O sol nasceu. Elwood estava indo para casa. Ele sabia que não poderia ficar, mas seria um alívio estar na sua cidade de novo, depois de todas aquelas ruas brancas. Ele iria para onde quer que Turner mandasse e, quando fosse seguro, colocaria tudo de novo no papel. Tentar o *Defender* de novo, e o *The New York Times*. O *Times* era o jornal de referência, o que significava que o papel deles era proteger o sistema, mas a cobertura dos seus jornalistas da luta por direitos civis era importante. Ele podia tentar encontrar o sr. Hill de novo. Elwood não tentara falar com o ex-professor depois de chegar no Nickel — o advogado prometeu que ia tentar encontrá-lo —, mas ele tinha contatos. Gente na Comissão de Coordenação Não Violenta Estudantil e gente que fazia parte do círculo do reverendo King. Elwood falhara, mas a única chance dele era aceitar mais uma vez o desafio. Se ele queria que as coisas mudassem, qual seria a outra alternativa além de resistir?

Turner, por outro lado, pensava no trem do qual eles iam pular, no norte. Não era tão ruim quanto aqui — um negro podia se fazer na vida lá. Ser dono do próprio nariz. Ser o seu próprio chefe. E se não houvesse trem, ele ia se arrastar usando as mãos e os joelhos.

A manhã chegou e o trânsito aumentou. Turner tinha deliberado entre esta estrada e a outra estrada vicinal, e escolheu esta. No mapa, ela parecia ser menos povoada e a mesma coisa em termos de distância. Ele tinha certeza de que os motoristas estavam olhando para eles. Olhar direto para a frente era melhor. Elwood manteve o ritmo, surpreendendo o amigo. Contornando a curva, a estrada entrava num aclive. Se Turner tivesse sido trancafiado e levado uma surra mais de uma vez, ia estar acabado nesta subida, pequeno como era. Firme — assim era Elwood.

Turner ajudava o joelho com a mão. Ele tinha parado de olhar para trás quando ouvia um carro chegando, mas sentiu uma comichão e virou o rosto. Era um furgão do Nickel. Depois, viu a ferrugem no para-choques dianteiro. Era o furgão do serviço comunitário.

De um dos lados da estrada, havia uma fazenda — montes de terra jogados em sulcos — e do outro, uma pastagem. Nenhuma floresta adiante até onde podia ver. O pasto ficava mais perto, protegido por uma cerca branca de madeira. Turner gritou para o parceiro. Eles iam ter que correr.

Viraram para a parte irregular da estrada e pularam das bicicletas. Elwood chegou à cerca antes de Turner. Um dos cortes nas costas dele tinha sangrado pela camiseta e secou. Turner o alcançou num segundo, e os meninos ficaram lado a lado. Eles atravessaram correndo o mato alto. As portas do furgão se abriram, e Harper e Hennepin pularam a cerca, rápidos. Cada um carregava uma espingarda.

Turner olhou de relance.

— Mais rápido!

Descendo a colina havia outra cerca, e depois árvores.

— Conseguimos! — disse Turner.

Elwood ofegava, a boca aberta.

O primeiro tiro de espingarda não acertou ninguém. Turner olhou de novo. Era Hennepin. Harper parou perto dele. Segurava a espingarda da forma que o pai tinha ensinado quando ele era menino. O pai dele quase não passou tempo com o filho, mas isso ele ensinou.

Turner ziguezagueou e baixou a cabeça como se pudesse desviar da munição de espingarda. *Não me pega, eu sou o Homem do Biscoito de Gengibre.* Ele olhou para trás enquanto Harper puxava o gatilho. Os braços de Elwood se abriram, mãos para fora, como se testando a solidez das paredes de um longo corredor, um corredor que ele atravessava havia muito tempo e do qual não conseguia ver o fim. Cambaleou por mais dois passos e caiu na grama. Turner continuou correndo. Ele se perguntou depois se tinha ouvido Elwood gritar ou fazer algum tipo de som, mas nunca chegou a uma conclusão. Ele estava correndo e só havia a agitação e o ruído do sangue na sua cabeça.

EPÍLOGO

Aqueles quiosques de autoatendimento não gostavam dele, não importava o quanto ele batesse na tela e resmungasse. Fez o check-in no balcão. A atendente era uma moça negra de 20 e poucos anos, toda profissional. Essa nova espécie que estava surgindo, como as sobrinhas da Millie, que não aceitavam levar desaforo para casa e não tinham medo de dizer isso na sua cara.

— Voo para Tallahassee — disse Turner. — Sobrenome Curtis.

— Documentos?

Ele precisava de uma nova carteira de motorista, agora que raspava o cabelo dia sim, dia não. Não se parecia com a foto. A versão antiga dele. Chegando em Tallahassee, ele não ia precisar da carteira, de qualquer forma. Aquilo era história.

Quando o dono do restaurante perguntou o nome dele, duas semanas depois de fugir do Nickel, ele respondeu: "Elwood Curtis." Foi a primeira coisa que lhe veio à cabeça. Parecia ser o certo. Ele usava o nome desde então sempre que alguém perguntava, como homenagem ao amigo.

Para viver por ele.

A morte de Elwood virou notícia. Era um menino da região, não há escapatória da lei, toda essa bobagem. O nome de Turner em preto no branco como o outro fugitivo, "um jovem negro". Nenhuma descrição além disso. Outro menino negro causando encrenca, era só isso que você precisava saber. Turner se escondeu nos antigos domínios de Jaimie — o pátio da ferrovia em All Saints. Arriscou passar uma noite ali e depois pulou num trem de carga para o norte. Trabalhou aqui e ali — restaurantes, serviços pagos por dia, construção — subindo a costa. Acabou chegando em Nova York, onde ficou.

Em 1970, ele voltou para a Flórida pela primeira vez e pediu uma cópia da certidão de nascimento de Elwood. O lado ruim de trabalhar com gente desonesta em canteiros de obras e botecos era o fato de eles serem desonestos. Só que eles também sabiam de coisas obscuras, como maneiras de conseguir a certidão de nascimento de um homem morto. De um garoto morto. Data de nascimento, nome dos pais, cidade. Na época era fácil, foi antes de a Flórida ficar esperta e criar várias barreiras de proteção. Ele se inscreveu para fazer um cartão de seguro social dois anos depois e o documento chegou pelo correio, em cima de um folheto de supermercado.

A impressora atrás do balcão da empresa aérea tagarelava e zumbia.

— Tenha um bom voo, senhor — disse a atendente, sorrindo. — Algo mais?

Ele acordou.

— Obrigado — agradeceu. Estava perdido naquele velho lugar. Era sua primeira visita à Flórida em 43 anos. O lugar saiu da tela da TV e o puxou de volta para lá.

Millie chegou em casa na noite passada e ele entregou as duas matérias que tinha imprimido sobre o Nickel e os túmulos.

— Que horror — falou ela. — Essa gente sempre sai impune. — De acordo com uma das reportagens, Spencer tinha morrido alguns anos antes, mas Earl ainda estava por aí. Com 95 anos, o miserável. Estava aposentado, e era "um respeitado membro da comunidade de Eleanor", a ponto de ter recebido o título de Bom Cidadão do Ano em 2009. Na foto do jornal, o velho supervisor estava decrépito, apoiado numa bengala na varanda de casa, mas os olhos frios de aço fizeram a coluna de Turner se arrepiar.

"O senhor chegou a bater trinta ou quarenta vezes com uma correia em crianças?", perguntou o repórter.

"Isso simplesmente não é verdade, senhor. Juro pela vida dos meus filhos. Só um pouco de disciplina", respondeu Earl.

Millie devolveu as reportagens.

— Você sabe que esse caipira batia nos meninos. *Um pouco de disciplina.*

Ela não entendia. Como poderia, tendo vivido a vida toda no mundo livre?

— Eu estive lá — disse Turner.

O tom da voz dele.

— Elwood? — disse, como se testasse o gelo para ver se aguentava o peso dela.

— Eu estive no Nickel. É esse o lugar. Eu falei para você que fiquei num reformatório, mas nunca revelei o nome.

— Elwood. Vem aqui — disse ela. Ele sentou no sofá. Ele não tinha cumprido a sua pena, como contou a ela anos atrás, mas fugiu. Depois, contou o resto, incluindo a história do amigo.

— O nome dele era Elwood — disse Turner.

Eles ficaram no sofá por duas horas. Sem contar os quinze minutos que ela passou no quarto de casal com a porta fechada. Depois, Millie voltou, os olhos inchados e vermelhos, e eles continuaram de onde tinham parado.

Em alguns aspectos, Turner vinha contando a história de Elwood desde que o amigo morreu, passando por anos e anos de revisão, de entender as coisas, à medida que ele deixava de ser o cachorro vadio da juventude e se tornava o homem que imaginava que deixaria Elwood orgulhoso. Não basta sobreviver, você precisa viver — ele ouvia a voz de Elwood enquanto andava pela Broadway à luz do dia ou ao fim de uma longa noite debruçado sobre os livros contábeis. Turner entrou no Nickel com estratégias e esquivas que havia aprendido a duras penas e com um jeitinho para evitar de se meter em encrenca. Saltou a cerca rumo ao pasto e à floresta e, depois, os dois garotos deixaram de existir. No nome de Elwood, tentou encontrar outro caminho. Agora, aqui estava ele. Onde isso o levara?

— A sua briga com Tom — disse Millie.

Momentos de dezenove anos atrás em imagens granuladas. Era mais fácil se concentrar em detalhes. Coisas pequenas prendiam a atenção dela e impediam que a mulher visse o todo. A briga que ele teve com Tom, no primeiro emprego dele trabalhando com mudança. Eram amigos de longa data. Foi num churrasco de Dia da Independência em Port Jefferson, na casa do próprio Tom. Eles estavam falando sobre algum rapper que tinha acabado de sair da cadeia por evasão fiscal, e Tom disse: "Se você não quer ir preso, não cometa o crime", cantando como nos créditos de abertura daquele seriado antigo.

— É por isso que eles não são punidos — disse ele para Tom —, porque gente como você acha que eles merecem.

Por que ele — quem? Elwood? Turner? O homem com quem ela se casou — defendera aquele encostado? E tinha explodido daquele jeito? Gritando com Tom na frente de todo mundo enquanto ele assava hambúrgueres com aquele avental idiota. Eles fizeram o caminho todo até Manhattan de carro em silêncio. Outras pequenas coisas: ele saindo do cinema sem outra explicação além de "Esse filme é chato" por causa de uma cena — de violência, de desamparo — que o havia raptado e levado de volta para o Nickel. Ele era sempre tão calmo e, mesmo naquelas horas, aquele lado sombrio se apoderava dele. Os chiliques dele falando de policiais, do sistema de justiça criminal e de predadores — todo mundo detestava os policiais, mas, no caso dele, era diferente, e ela aprendeu que o melhor quando o marido começava, era deixar que ele desabafasse, aprendeu vendo que havia uma coisa selvagem no rosto dele, ouvindo a veemência das palavras. Os pesadelos que o atormentavam, que ele dizia não lembrar — ela sabia que o reformatório tinha sido ruim, mas não sabia que tinha sido aquele lugar. Pôs a cabeça dele no colo enquanto ele chorava, passando o polegar pelo entalhe na orelha, igual ao de um gato vadio. A cicatriz que ela nunca percebeu, mas que esteve sempre bem diante dela.

Quem era ele? Ele era ele, o homem que sempre fora. Ela disse que entendia, na medida em que conseguia entender algo naquela primeira noite. Ele era ele. Eles eram da mesma idade. Ela tinha crescido no mesmo país com a mesma pele. Ela morava em Nova York em 2014. Às vezes, era difícil lembrar como as coisas tinham sido difíceis antes — se debruçar sobre um bebedouro para pessoas de cor quando ela visitava a família na Virgínia, a força imensa que os brancos faziam para rebaixá-los — e, então, tudo voltou numa explosão, disparada por coisas minúsculas, como ficar numa esquina tentando chamar um táxi, uma humilhação rotineira que ela esquecia cinco minutos depois, porque, se não, ficaria maluca, e disparada por coisas grandes, como passar de carro por um bairro devastado, posto abaixo por aquela mesma força imensa, ou mais um garoto morto por um policial: eles nos tratam como sub-humanos no nosso próprio país. Sempre trataram. Pode ser que continue assim para sempre. O nome dele não importava. A mentira era grande, mas ela entendia, levando em conta como o mundo o havia esmagado, à medida que ela ia assimilando mais a história. Sair daquele lugar e se tornar algo, se tornar um homem capaz de amá-la como ele fazia, se tornar o homem que ela amava — a fraude dele não era nada comparada com o que ele tinha feito com a própria vida.

— Eu não vou chamar o meu marido pelo sobrenome.

— Jack. Jack Turner. — Ninguém nunca o chamou de Jack, tirando a mãe e a tia.

— Vou tentar — disse ela. — Jack, Jack, Jack.

Soava bem. Mais verdadeiro a cada tentativa.

Eles estavam exaustos.

— Você tem que me contar tudo — pediu ela, quando estavam na cama. — Não vai ser só uma noite.

— Eu sei. Eu conto.

— E se prenderem você?

— Não sei o que vão fazer.

Ela devia ir com ele. Ela queria ir com ele. Ele não deixou. Eles iam ter que retomar a conversa depois que ele fizesse aquilo. Não importa como as coisas acabassem lá no sul.

Eles não se falaram depois disso. Não dormiram. Ela se curvou nas costas dele, ele colocou a mão para trás para tocar no quadril dela, para ter certeza de que ela ainda era real.

A moça no portão de embarque anunciou o voo dele para Tallahassee. Ele era a única pessoa na sua fileira de assentos. Se esticou e dormiu, depois de passar a noite em claro, e, quando acordou, retomou a discussão que estava tendo consigo mesmo sobre traição. Millie tinha mudado tudo para ele. Restaurou-o a partir do que ele tinha sido. O que ele fez com ela foi traição. E ele traiu Elwood ao entregar a carta. Devia ter queimado aquele negócio e convencido o amigo a desistir daquele plano idiota em vez de ficar em silêncio. Silêncio era tudo que Elwood sempre recebia. Ele dizia: "Vou resistir", e o mundo permanecia em silêncio. Elwood e seus imperativos morais bonitos e suas belíssimas ideias sobre a capacidade dos seres humanos de melhorar. Sobre a capacidade do mundo de corrigir a si mesmo. Ele havia salvado Elwood daqueles dois anéis de ferro, do cemitério secreto. Mas ele acabou sendo enterrado na Cidade dos Pés Juntos.

Ele devia ter queimado aquela carta.

Pelo que leu em reportagens sobre o Nickel nos últimos anos, eles enterravam os meninos mortos rápido para evitar qualquer investigação, nenhuma palavra para as famílias — e quem tinha dinheiro para levá-los para casa e fazer um novo enterro? Não Harriet. Turner encontrou o obituário dela no arquivo on-line de um jornal de Tallahassee. Ela morreu um ano depois de Elwood, deixando a filha, Evelyn. O texto não mencionava se a filha comparecera ao funeral. Turner agora tinha o dinheiro para dar um enterro adequado para o amigo, mas todo tipo de reparação precisaria esperar. Assim como o que ele tinha a dizer para Millie para mostrar quem era — ele não conseguia ver nada além do seu retorno ao Nickel.

Na fila do táxi no aeroporto de Tallahassee, Turner quis pedir um cigarro para o fumante que estava acendendo desesperado o isqueiro depois de ficar confinado no avião. A expressão dura de Millie fez com que ele desistisse e o homem assobiou "No Particular Place to Go" para se distrair. Já no Radisson, leu de novo a reportagem do *Tampa Bay Times*. Ele tinha lido aquilo tantas vezes que os dedos já haviam borrado a tinta — ele precisava reclamar com Yvette sobre o toner ou sei-lá-o-quê na volta, sabe-se lá quando isso seria. Ou a Ás Mudanças tinha futuro, ou não.

A coletiva de imprensa era às onze horas. De acordo com o jornal, o xerife de Eleanor ia dar informações atualizadas sobre a investigação do cemitério e um professor de arqueologia da Universidade do Sul da Flórida falaria sobre o exame forense dos garotos mortos. E alguns dos meninos da Casa Branca estariam lá para dar o próprio depoimento. Ele vinha acompanhando os outros pelo site nos últimos anos — as reuniões, as histórias de vida no reformatório e depois, as tentativas de obter reconhecimento. Eles queriam um memorial e um pedido de desculpas do governo da Flórida. Queriam ser ouvidos. Turner achava patético, aquela gente resmungando sobre o que tinha acontecido quarenta, cinquenta anos atrás, mas agora reconhecia que a revolta vinha do seu próprio estado lastimável, o medo que sentiu ao ver o nome do lugar e as fotos. Independente da fachada que ele mantinha, hoje e na época, da falsa coragem diante de Elwood e dos outros meninos. Ele sentiu medo o tempo todo. Continuava com medo. A Flórida havia fechado a escola três anos antes e tudo estava sendo revelado, como se todo mundo, todos os meninos, tivessem que esperar a morte da escola antes de contar a história. Agora, ela já não podia fazer mal a eles, pegá-los no meio da noite e atacá-los. Só poderia fazer mal a eles das formas já familiares.

Todos os homens no site eram brancos. Quem falaria pelos meninos negros? Era hora de alguém fazer isso.

Depois de ver o terreno e os prédios mal-assombrados no jornal da noite, ele precisava voltar. Falar sobre aquilo. A história de Elwood, independente do que acontecesse com ele. Ele era um homem procurado? Turner não conhecia a lei, mas jamais subestimou as distorções do sistema. Nem antigamente, nem hoje. Vai acontecer o que sempre acontece. Turner vai encontrar o túmulo de Elwood e contar para o amigo a sua vida depois de ele ter sido abatido naquela fazenda. Como aquele momento cresceu dentro de Turner e mudou os rumos da vida dele. Contar ao delegado quem ele era, compartilhar a história de Elwood e o que fizeram quando ele tentou dar um basta aos crimes.

Contar aos meninos da Casa Branca que ele foi um deles, e que tinha sobrevivido. Contar a qualquer um que se importasse que ele esteve lá.

O Radisson ficava numa esquina do centro, na Monroe Street. Era um hotel antigo ao qual acrescentaram alguns andares. As janelas escuras modernas e as placas marrons metálicas das partes novas contrastavam com os tijolos à vista dos três andares inferiores, mas era melhor do que demolir o prédio e começar do zero. Hoje em dia, isso tinha ficado comum demais, sobretudo no Harlem. Todos aqueles edifícios que tinham visto tanta coisa, eles vão lá e põem tudo abaixo. O antigo hotel servia como uma bela fundação. Fazia tempo que ele não via a arquitetura sulista da sua juventude, com as varandas brancas e os terraços brancos em torno dos andares como se fossem fitas perfuradas.

Turner fez o check-in. Seu estômago roncou depois que ele abriu a mala, e o homem desceu para o restaurante do hotel. Era um horário tranquilo e havia pouco clientes. A atendente estava sentada de qualquer jeito na mesa de recepção, uma adolescente pálida com cabelo tingido de preto. Estava com uma camiseta de uma banda que ele nunca ouvira falar, preta com uma caveira verde sorridente. Alguma coisa de heavy metal. Ela largou a revista.

— Pode sentar onde quiser — falou.

A cadeia de hotéis tinha remodelado o restaurante com o estilo dos hotéis contemporâneos, usando bastante plástico verde fácil de limpar. Três televisores inclinados estavam com o mesmo canal a cabo de jornalismo tagarelando em ângulos diferentes, as notícias eram ruins como sempre, e uma canção pop dos anos 1980 soava dos alto-falantes escondidos, uma versão instrumental com os sintetizadores em destaque. Ele olhou o cardápio e decidiu pedir um sanduíche. O nome do restaurante — Blondie's! — escorria da capa do cardápio em letras gordas douradas, e, abaixo, havia um curto parágrafo com a história do lugar. O antigo Richmond Hotel era um marco de Tallahassee e, segundo eles, havia sido tomado grande cuidado para que o espírito do majestoso estabelecimento fosse respeitado. A loja na recepção vendia cartões-postais.

Se estivesse menos cansado, ele talvez tivesse reconhecido o nome que aparecia numa história que ouviu certa vez quando jovem, sobre um menino que gostava de ler histórias de aventura na cozinha, mas nem se deu conta. Ele estava com fome, e eles serviam o dia inteiro, e isso bastava.

AGRADECIMENTOS

Este livro é uma obra de ficção e todos os personagens foram inventados por mim, mas a história foi inspirada nos acontecimentos da Dozier School for Boys em Marianna, na Flórida. Ouvi falar do lugar pela primeira vez no verão de 2014 e descobri o minucioso trabalho de reportagem feito por Ben Montgomery para o *Tampa Bay Times*. Para ler um relato em primeira mão, procure o arquivo on-line do jornal. As reportagens do sr. Montgomery me levaram à dra. Erin Kimmerle e aos seus alunos de arqueologia na Universidade do Sul da Flórida. Os estudos forenses realizados por eles no cemitério foram inestimáveis e estão reunidos em *Report on the Investigation into the Deaths and Burials at the Former Arthur G. Dozier School for Boys in Marianna, Florida*. O texto está disponível, em inglês, no site da universidade. Quando Elwood lê o panfleto da escola na enfermaria, cito o relatório deles sobre o funcionamento da escola no dia a dia.

O officialwhithehouseboys.org é o site dos sobreviventes da Dozier, e você pode visitar a página para ler as histórias dos antigos alunos nas palavras deles mesmos. Cito um deles, Jack Townsley, no Capítulo Quatro, quando Spencer descreve sua atitude em relação à disciplina. A autobiografia de Roger Dean Kiser, *The White House Boys: An American Tragedy*, e o livro de Robin Gaby Fisher, *The Boys in the Dark: A Story of Betrayal and Redemption in the Deep South* (escrito com Michael O'McCarthy e Robert W. Straley) são excelentes relatos.

A reportagem de Nathaniel Penn para a *GQ* "Buried Alive: Stories From Inside Solitary Confinement" contém uma entrevista com um interno chamado Danny Johnson, que diz: "A pior coisa que aconteceu comigo na solitária acontece todo dia. É quando eu acordo." O sr. Johnson passou 23 anos numa solitária. Eu adaptei essa citação no Capítulo Dezesseis. O ex-agente penitenciário Tom Murton escreveu sobre o sistema penitenciário do Arkansas no seu livro escrito em parceria com Joe Hyams chamado *Accomplices to the Crime: The Arkansas Prison Scandal*. O livro oferece o ponto de vista de quem trabalhava no sistema prisional sobre a corrupção e serviu de base para o filme *Brubaker*, que você deveria assistir, caso não tenha visto. *Historic Frenchtown: Heart and Heritage in Tallahassee*, de Julianne Hare, é uma maravilhosa história daquela comunidade afro-americana ao longo dos anos.

Cito bastante o reverendo Martin Luther King e foi estimulante ouvir sua voz na minha cabeça. Elwood cita o seu "Discurso antes da Marcha da Juventude pelas Escolas Integradas" (1959); o LP de 1962 *Martin Luther King at Zion Hill*, especificamente a seção "Fun Town"; a "Carta da prisão de Birmingham"; e seu discurso de 1962 na Universidade de Cornell. A citação "negros são americanos" de James Baldwin vem de "Many Thousands Gone" em *Notas de um filho nativo*.

Estive tentando descobrir o que passou na TV em 3 de julho de 1975. O arquivo do *The New York Times* traz a programação da TV para aquela noite, e encontrei uma pepita de outro.

Este é o meu nono livro com a Doubleday. Muito, muito obrigado para Bill Thomas, meu excelente e estimado editor, e para Michael Goldsmith, Todd Doughty, Suzanne Herz, Oliver Munday e Margo Shickmanter pelo abundante apoio, pelo bom trabalho e pela fé ao longo dos anos. Obrigado a Nicole Aragi, extraordinária agente, sem quem sou só mais um escritor vagabundo, e a Grace Dietsche e a toda a equipe de Aragi. Obrigado à boa gente do Book Group pelas palavras de incentivo. E muita gratidão e amor para a minha família — Julie, Maddie e Beckett. Sortudo é o homem que tem essas pessoas na sua vida.

Este livro foi composto com Walbaum MT
e Clarendon Blk BT, e impresso na gráfica
Assahi sobre papel pólen soft 80g/m².